eye

守望者

—

到灯塔去

Uses
of
Literature

文学之用

［美］芮塔·菲尔斯基 著 刘洋 译
Rita Felski

南京大学出版社

目 录

导 言	001
一　认识	035
二　着魔	079
三　知识	121
四　震惊	165
结 论	207

导 言

本书是一篇奇怪的宣言，正如所有的宣言都同样奇怪，似一个非驴非马且与其出身不符的粗鄙物种。在某种意义上，本书是完全合乎此类的：它片面且偏颇，对一件事喋喋不休，如弹琴只弹一个音，讲故事只讲一半。写宣言是一个完美的借口，而借口之下是恶意中伤，是攻击不堪一击的假想对手，是去糟粕亦去精华的泥沙俱下。然而先锋派宣言背后的驱动力则是其对抗的愤怒和其压倒一切的冲动：去砍，去烧，去揭露，去推翻，去把艺术从它的基座上推倒，再把摔落的碎片碾作尘埃。从这个意义上讲，下文也是一篇"非宣言"：是对否定的否定，是说"是"而非说"否"，是一次提出主张而非诽谤诋毁的思想实验。

文学与文化批评者开始察觉到一种思想形式已变得过时了。运转良好的意识形态批判机器、症候式阅读的X光般的透视，还有怀疑阐释学的早已排练顺畅的步骤，对于这些我们再熟悉不过了。30年前看来颇有启发性的观点——去中心的主体！现实的社会建构！——已沦为陈腐的口号；陌生化已成了稀松平常的信念（doxa），与其曾经试图打破的确定性一样固执且教条。我们既已确知面具之下是什么，那么揭开面具的行为还有什么意义呢？越来越多的批评者开始大胆提问：当与文学的对话被恒定的诊断代替，当对文本的辅导式阅读使我们将阅读文本的初心抛诸脑后之时，我们究竟失去了什么？

同时，我们的学生正成群结队地转向就业导向型专业，以期确保将来的收入可以抵消飞速上涨的大学花费。自然科学与社会科学学科在学术机构中的封邑赚取了越来越多的经费，并在大学政治斗争的微型戏剧中越发举足轻重。在媒体与公共生活中，所谓知识已与堆积的数据和表格、问卷和饼状图、投入产出比和反馈环路设计画等号。老派的观点认为接触文学和艺术是一条提升道德和文化修养的必经之路，而这在今天已被弃置一旁，无人垂怜。在如此严峻且不祥的环境下，文学学者该如何提出充分的理由证明我们所做之事的价值？我们该如何拿出阅读和讨论书籍的原理依据而不致回到经典崇拜的过去？

一种思路认为，文学研究现在的窘境完全是其咎由自取。理论的兴起导致了文学的覆亡，而艺术作品则被埋葬在声势浩大的社会学布道和装腔作势的法国哲学散文之下。然而，这一指控的逻辑却很难厘清。理论只不过是对构成我们个体阐释活动的潜在框架、原则和假定的反思过程。为了捍卫文学而对抗理论,这种说法自相矛盾,因为捍卫文学者也必须求诸他们自己的概说、推测和猜测性的主张。如哈罗德·布鲁姆,尽管他对理论之害愠怒不已,但他的论断——我们阅读"是为了强化自我意识,获悉它真正的意趣"——本身也是一种理论主张。[1]

但我们也承认,现在的理论经典只不过为处理文学作品提供了少量的理据。理论呼吁我们要采取超然的分析态度,要有批判的警觉,要有警惕的怀疑视角;人文学者受反讽绝症之苦,难以抑制地想为每一个词加上双引号。问题化、质问、颠覆,这些做法是默认的选择,是深藏于现代思维之中的常规模式。"批判式阅读"是文学研究的圣杯,不断地在宗旨声明、毕业演讲和与院长们的谈话中被提起。它已成为一句标语,将所有的价值都赋予阅读行为本身,而并非阅读的对象。[2] 这些文本果真是不偏不倚、消极顺从、完全听任我们批判行为的摆布吗?我们从阅读对象中完全没有任何收获吗?

文学理论教导我们:文学批评并不倾向于处理文学作品本身,并且这在实践中也是不可能做到的;阅读依赖于一系列交

---

[1] Harold Bloom, *How to Read and Why* (New York: Scribner's, 2001), p. 22.
[2] 迈克尔·沃纳(Michael Warner)认为:"批判式阅读是一种学术职业的民间意识形态观念,我们对此太过熟悉,以至于很少会觉得有必要对它进行解释。"见其文章"Uncritical Reading," in Jane Gallop, ed., *Polemic: Critical or Uncritical* (New York: Routledge, 2004), p. 14.

织的假设、预期和无意识的预判；意义和价值总是由某人从某处赋予的。但阅读并不是一条单行道，当我们把自我强加于文学文本之时，我们也不可避免地暴露在文本面前。若有人试图阐明这种暴露的潜在价值而非详述其危险，则此人会被指责为幼稚、吹嘘或太形而上。但作为有责任推进学科发展的教师和学者，我们迫切需要为所做之事提出更令人信服的理由。

伊芙·塞吉维克(Eve Sedgwick)注意到，怀疑阐释学在现今的文学理论中几乎已被视作理所应当，而非可供选择的选项。它作为一种近乎偏执的批评手段，要求批评者时刻保持警惕，逆潮流而行，设想最坏的场景，然后在文本中重新证实这种悲观的预判。(塞吉维克还注意到，有一种想法也十分幼稚，即简单地揭露或阐明文本的含义与意图会消解其效果。)塞吉维克自己对文学理论的怀疑式阅读凸显了我们习以为常的阐释原则的古怪之处，以及这种饱含消极情感的批评立场的奇怪之处。[1] 在

---

[1] Eve Kosofsky Sedgwick, "Paranoid Reading and Reparative Reading: or, You're so Paranoid, You Probably Think This Introduction is About You," in Eve Kosofsky Sedgwick, ed., *Novel Gazing: Queer Readings in Fiction* (Durham, NC: Duke University Press, 1997). 塞吉维克对怀疑阐释学的批判影响甚广；但另有批评者从其他角度对其进行批评。例如，见 Charles Altieri, *Canons and Consequences: Reflections on the Ethical Force of Imaginative Ideals* (Evanston, IL: Northwestern University Press, 1990); Eugene Goodheart, *The Skeptical Disposition in Contemporary Criticism* (Princeton, NJ: Princeton University Press, 1991); Umberto Eco, *Interpretation and Overinterpretation* (Cambridge: Cambridge University Press, 1992); Mark Edmundson, *Why Read?* (New York: Bloomsbury, 2004)。

我看来，塞吉维克并非在哀悼深奥微妙、注意形式、情感积极的文学阅读方式的缺失。她的重点在于：批评者们发现他们不得不强加给文学作品一种颠覆、质问或破坏的意图（这也正是他们自己的意图），若非如此，他们便不能为自己的阅读活动提出合理依据。消极否定已难以避免，它压倒一切地成为规范。

此外，尽管当代理论对其敏锐的自我意识和其对固定想法的不断诘问感到骄傲，但从某种意义上讲这种批评立场是前意识的而非自由创造的，是编排好的而非选择的，是由学术机构的需求、学术威望和追名逐利的职业发展原则决定的。这也就是说，任何一个聪明的研究生在面对成熟（knowingness）和幼稚的选择时，都会选择前者。但这种二元对立其实是一个假命题。博学（knowing）与成熟并非同义词，后者指的是一种永远怀疑的态度和磨炼得机敏的疑心。在这一点上，我们都是抗拒式的读者。或许现在也是时候去抗拒我们自然而然的抗拒，去冒险尝试另一种艺术批评方式了。

故此，本宣言提出了阅读的几个理由，同时试图避开塞吉维克笔下"愚笨、审美化、防卫性的、反智的、极端保守的"[①]立场。本宣言同时另辟新路，避开我即将谈到的神学阅读和意识

[①] Sedgwick, "Paranoid Reading and Reparative Reading," p. 35.

形态阅读两大主流。我所谓的"神学",是指一切对文学的非现实世界层面的指认,尽管其含义常常是俗世的而非形而上的。简单地说,即重视文学的他者性,重视文学如何拒绝分析性、概念性的政治与哲学思考,又如何拒绝常识和日常生活的臆断。我们可以在诸多批评立场中找到它的变体,其中包括哈罗德·布鲁姆的浪漫主义批评、克里斯蒂娃的符号学批评,还有最近流行的列维纳斯式批评。这些批评方法在世界观、政治立场和阅读方法上都有诸多不同之处。但它们的共同点在于,它们都认为文学与世界、与我们认识世界的方式有本质的区别,这种区别,或者换个词,原创性、独特性、他异性、不可译性或否定性等,正是文学的价值所在。

乍看上去,这种论断似乎正是对文学批评进行辩护这一难题的完美解决方案。如果我们想证明某物的重要性,展现其独特之处,这不正是最好的方法吗?的确,文学作品产出了独特的、不同的、他异的符号,这一点很难反驳。我们自然也支持玛乔瑞·帕洛夫(Marjorie Perloff)的劝诫,即尊重文学独特的本体论价值,而不是将其视为证实我们珍爱的理论的证据。[①] 但

[①] Marjorie Perloff, "Crisis in the Humanities? Reconfiguring Literary Study for the Twenty-first Century," in *Differentials: Poetry, Poetics, Pedagogy* (Tuscaloosa: University of Alabama Press, 2004), p. 7.

这种见解往往代价极大。批评者们把文学和其他事物分离开来,却支支吾吾地不能解释文艺作品如何从现实世界中来,并作用于现实世界。他们强调文学的独特性,却忽略了其同样明显的关联性。他们鼓吹文艺作品不可言传和高深莫测的特质,却忽略了它渗入并参与到我们生活之中的具体形式。他们惶惶然认识到人们读书是为了获得知识或娱乐,只能叹息幼稚的读者不会或不想视文学为"文学"。其结果是,用这种方法阅读意味着认同文艺作品完全不受理解、同化和现实世界的影响,永远被"禁止触摸"的标志保护起来。文学的价值由鉴赏家和研讨班来裁决,绝不能被日常生活的指印和污渍污染。似乎文学的意义只能体现在其无用上。

我明白,许多批评者会强烈反对这种论断,他们更倾向于视文学的他者性为其激进和改造潜能的来源。托马斯·杜哲迪(Thomas Docherty)近来在对文学他者性的辩护中将其视为真正的民主政治的必要基础———一种不断地面对他者的政治。文学作品使得邂逅不寻常、想象不可能和面对纯粹的他者成为可能,这其中有着重大的政治意义。的确,文学可以通过其艺术特征服务于艺术之外的目的,但是此类鼓吹艺术作品的激进性的论断忽视了构成一切文学作品的熟悉性、共通性和可预见性,更不用说文学研究行业的常规化和职业化,这必将危及所有关于颠覆的论调。此外,鼓吹文学作品的激进他异性背后的动机不过是对日常体验和不够先锋的阅读方式感到厌倦,此类阅读方式常常因其阐释策略的粗陋而被横加指责。其结果是,文学的独特性只能建立在将所有其他的事物都同类化并归到一起的基础之上。①

相比之下,被意识形态吸引的批评者试图将文学完完全全地置于现实世界中。他们坚称,一个文学文本永远是某个更庞大的事物的一部分;他们强调文学与非文学事物之间的关系。因而意识形态的战略目的即是指明文学与更广阔的整个社会的联系。然而这种主张有不利之处,即视文学作品为配角或低人一等,视其为耗竭的思想源泉,必须由评论者来补充。无论对意识形态进行何种定义(我明白这个词的定义在历史的迷宫中曾经历一波三折),它总是意味着文学文本是被诊断的而非被倾听的,是被降级为社会结构或政治事业的表征。阐释所用的术语取自别处;批评者之所知远高于文学文本本身;文学文本不晓得自己与压迫性的社会状况的合谋。伦纳德·戴维斯(Lennard Davis)在表述意识形态流派的最有力的一篇文章中坚称,虚构作品的目的是稳固现状,是提防激进行为,并最终使

---

① Thomas Docherty, *Aesthetic Democracy* (Stanford, CA: Stanford University Press, 2006).

读者一叶障目不见泰山。① 然而,即便是抛弃了虚假意识,认为处于意识形态之中的状况是永恒且不可避免的学者,也会认为自己的分析比文本更有对社会境况的洞察力。

当然,意识形态一词也可以被当作褒义词来用,以称颂其与女权主义、马克思主义或反种族歧视的联系。这样看来,文学可以被当作政治启蒙或社会变革的潜在途径。然而文学低人一等或从属状态的困境仍然存在:文学被拖来证明批评者已知之事,来说明在其他领域已有定论之事。我无意贬低向文学作品做政治提问的意义,但我想寻求的是,在我们否认一部作品具有反戈一击(艾伦·鲁尼语)的能力时,当我们否认它挑战或改变我们的信仰的能力时,我们究竟失去了什么。② 将文学定义为意识形态是预先设定文学作品是知识的对象,却不是知识的来源。这种做法否定了文学作品与理论所知相同,甚至比理论所知更多的可能性。

因此,当今批评界关于文学及其价值和用途,有两种对立的立场。意识形态批评者坚称文学作品同这个世界上的所有事物一样,永远处在社会等级秩序之中,并为了权力而挣扎。

---

① Lennard J. Davis, *Resisting Novels: Ideology and Fiction* (New York: Methuen, 1987), pp. 224 - 225.
② Ellen Rooney, "Form and Contentment," *MLQ*, 61, 1 (2000), p. 38.

一部文学作品的价值仅在于其用途，衡量其价值的标尺是其缓解或加剧社会矛盾的能力。认为艺术无关政治或没有目的是幼稚的，这只不过是与社会现状同谋（布莱希特语）。神学批评者对此论调皱眉蹙额，认为它过于笼统，是对艺术作品施行的暴力。他们心中深埋的是对用途论的不信任；在他们看来，以用途衡量价值是唯目的论的简化做法。这种不信任可以在许多论述中看得见：如浪漫主义美学，新马克思主义对工具理性的批判，还有后结构主义对同一性思维的怀疑。这种思路认为，将文学与其他事物区分开来的是对所有算计目的和功能的行为的抵抗。

我将书起名为"文学之用"似乎表明了我站在意识形态批评之列。但实际上，我想提出一种对"用"的更广阔的理解——这种理解为对文学他者性的强烈主张，以及将文本简化为政治与意识形态功能的基本要素的这两种方法之外，又提供了另一种思路。这种对"用"的理解使我们得以处理文学的现实层面，同时对其保持尊重而非抽象简化，与其平等对话而非盛气凌人。"用"不总是有策略或有目的的，也不总是有善于操纵或牢牢把握的意思；它不一定意味着受工具理性的支配，或对复杂的形式视而不见。我斗胆提出，艺术价值与"用"密不可分，而我们对文本的处理也总是多样、复杂且难以预料的。从这个意义上讲，作品的实用性不会破坏诗性，也不会将诗性排除在外。提出文学的意义在于其用途，意味着对一系列实践、期望、情感、希望、梦想和阐释进行调查研究。用威廉·詹姆斯（William James）的话说，它们"数量之多难以想象，且相互缠绕、混乱，常令人烦恼迷惑"。①

有一个现象让我常常感到困惑不解：有的评论者声称文学作品并无明确目的，却忽略了他们对文学作品的评论其实展现了他们的批判才能，满足了他们的智力与审美意趣，还有，俗一点讲，也推进了他们的职业发展。艺术怎会存在于由热情与目的驱使的多面向游戏之外呢？相反，急于将文学的本质价值定位于意识形态之中的学者们也遭到了各种各样对其方法论的反对。他们并非如保守主义者抱怨的那般为了主题和内容忽略了作品的形式；他们受过几十年的符号学和后结构主义理论训练，往往对语言、结构和风格的细微差别极其敏感。但是麻烦在于，评论者试图强行将文本结构和社会结构画等号，或在文学形式和政治效应中间建立因果联系。关于这一点，我们时常会看到评论者试图赋予文学作品过于夸大的能动性（阿曼达·安德森语），把文学作品描绘为极其有力的物体，甚至可以

---

① William James, *Pragmatism* (Cambridge, MA: Harvard University Press, 1975), pp. 17-18.

独立施加权力或掀起起义者的反抗浪潮。①

当然在某些情况下,文学作品的确会产生相当规模的社会效应。在我的第一本书中,我提出女性主义小说在20世纪70、80年代改变了人们的政治与文化态度,并创造了一个我所谓的反公共领域。这个观点在今天看来仍站得住脚。但当我们审视文学批评家喜爱阅读的作品时,我们会发现,这些作品所起到的激起或抑制社会变革的作用绝不是不言自明的。这些作品往往与社会对立运动没有直接联系,与权力中心的关系也不明朗,其政治含义往往是拐弯抹角甚至是模棱两可的,甚至会产生两种完全相反的阅读结论。更进一步讲,文本无法控制自己产生的效果;文学作品的内部结构很少会告诉我们它应该怎样被理解和接受,更不用说它对整个社会会产生什么样的影响。人们无法通过文学结构推断或导出其政治功能。正如文化研究和接受研究所充分显示的,艺术作品在不同语境中会有不同的意义;文本与读者之间的互动是多样、偶然且难以预料的。

或许这些听上去都不新鲜,也不易引起争议。我们这些人

---

① Amanda Anderson, *The Way We Argue Now: A Study in the Cultures of Theory* (Princeton, NJ: Princeton University Press, 2006).

不正是在政治功能主义的斯库拉女妖和为艺术而艺术的卡律布狄斯女妖之间费力前进,并在努力为艺术作品的社会意义正名的同时不轻视其艺术力量吗?批评界历史转向的一个可喜结果是,人们对文学如何存在于现实世界有了更灵活、更准确的解释。阿托·奎森(Ato Quayson)提供了这样一种解释:他认为文学作品是一种艺术特例,也是一个门槛,面向文化与社会政治生活的其他层面。[1] 我同时也在思考我自己的领域——女性主义批评。此领域在过去几年间严谨地重估了其论述。现在的评论者不再将一成不变的女性主义或厌女主义强加为文学文本的核心内容,而是更倾向于强调其变化的和冲突的含义。此类阅读更关注社会背景、时代细节和性别与文学互动的多种方式,从而得以避免背上更以偏概全的社会背景理论常常背负的简化论的罪名。

这种随历史的改变而改变的理论方法,于我而言,比试图强行将艺术与政治联系在一起更加有效,后者常显得好像艺术形式与题材中有一个不可侵犯的意识形态核心。他们从福柯那里得到了灵感,规避了文学低人一等的问题,认为文学文本有自己独立的形式、创造出了新的观察方法,而非对先定的政

---

[1] Ato Quayson, *Calibrations: Reading for the Social* (Minneapolis: University of Minnesota Press, 2003), p. xxi.

治真理的附和或扭曲。他们支持文化研究所称的表达之政治（politics of articulation），展现了文本意义如何在与不同的意趣和阐释群体发生关联后产生变化。进一步讲，这种新历史方法也表达了对阅读的情感层面的关注。它们琢磨特殊情感结构的不同特质，并通过对形式——如情节剧和情感小说——的关注重现美学反应的失落的历史。①

但每一种方法都有它的忽略之处和过失，都有看不见和做不到的事。作为一种理论，我们可以说历史批评鼓励我们关注文本对于他人的意义：一部作品被追溯到它的起源时刻，并由过去的意趣和力量、话语和受众之间的相互作用来定义。当然，现在每一个批评者都明白我们不可能将历史还原为其"本来的面貌"，并且我们对历史的想象或多或少地会受到我们现在的欲望和需求的驱使。然而，阐释活动仍然围绕着尽可能地

---

① 见 Nancy Armstrong, *Desire and Domestic Fiction: A Political History of the Novel* (Oxford: Oxford University Press, 1987); Rita Felski, *The Gender of Modernity* (Cambridge, MA: Harvard University Press, 1995); Susan Stanford Friedman, *Mappings: Feminism and the Cultural Geographies of Encounter* (Princeton, NJ: Princeton University Press, 1998); Sharon Marcus, *Between Women: Friendship, Desire and Marriage in Victorian England* (Princeton, NJ: Princeton University Press, 2007); Mary Poovey, *Uneven Developments: The Political Work of Gender in Mid-Victorian England* (Chicago: University of Chicago Press, 1988); Jane Tompkins, *Sensational Designs: The Cultural Work of American Fiction 1790–1860* (Oxford: Oxford University Press, 1985)。

刻画往日某时刻的文化感性以及该时刻的文学意义而展开。

这种嵌入历史的方法的后果之一是批评者不再需要思考自己与文本之间有何联系。为什么是这一文本被选中进行阐释？它现在是如何对我言说的？它的当下意义是什么？仅仅关注一个作品的来源意味着将其对当下读者的吸引力抛诸脑后。从尼采的意义上来说，这种做法是将历史用作自己的不在场证明，从而绕开关于自己作为一个读者的情感、投入和弱点等问题。文本不能言说，它只能通过累积的历史证据被言说。但文本在往日具有的联系、内涵与效应并不会损耗其对当下产生影响的力量。文本具有穿越时间界限的能力，能产生新的不可预知的共鸣，甚至其原始环境中的人们也预料不到。这种能力又如何呢？宋惠慈（Wai Chee Dimock）曾注意到，我们常规的历史批评模式"没办法告诉我们，为什么这个作品在当下仍有意义，为什么在远离其原始时期之后，它仍具有一定的重要性，并吸引人们来阅读"。[①]

如果我们冒险跳出学术批评的讨论范围，这些问题就会显得尤为突出。毕竟大多数读者对文学的历史细节没什么兴趣；他们拿起一本来自过去的书读起来的时候，心里希望的是这本

[①] Wai Chee Dimock, "A Theory of Resonance," *PMLA*, 112, 5 (1997), p. 1061.

书能向当下言说。并且在之前的分析中我们也可以看出,中小学和大学的文学课程还是围绕着个人与文本的相遇展开的。尽管现在的学生很可能对批评界的论争与文学理论并不陌生,但他们还是被期望有自己独特的对待文学作品的方式,而非摹仿其他人的阐释。那么这种相遇的本质是什么呢?其中包含了什么样的智力或情感的回响呢?任何试图澄清文学价值的努力都必须思考读者的多样的阅读目的,并思考阅读这一神秘的事件。但当代理论却鲜少为我们提供解答这些问题的指导。我们急需对自我和文本如何互动提供更丰富、更深入的解释。

当然,阐释绝非中立或客观的,而总是由批评家们所谓的读者的"主观立场"决定的,这在今日已是不言自明的了。尽管批评者尽力计算性别、种族、性向的压力所造成的影响,从而利用文学对上述类目进行肯定或颠覆,但现有的当代批评理论中关于自我的批评模式受限于一种过分先验图式的强制阐释。尽管身份的制造和消除是现代批评者喜爱的主题,但它不足以把握主体性的复杂层次,也不足以把握审美反应的多变无常。[①]精神分析有其内在的诊断方法和因果解释,但它也不太适合用来对以情感依附和重新定向认知(cognitive reorientation)为特

[①] 关于这一点,请见 Anderson, *The Way We Argue Now*,及 Frank Farrell, *Why Does Literature Matter?* (Ithaca, NY: Cornell University Press, 2004)。

征的阅读和观影体验进行细致的描述。这里的问题绝非逃避或超越政治;而是,任何有价值的"文本政治批评"都必须直接面对审美体验的细节特性,而非对此避而不谈。

关于这一点,约翰·盖尔利曾帮助我们认识到,学术批评和外行阅读之间的分裂隐藏于表面上的政治异见之下。他指出,学术阅读有其特殊的条件和预期。它是一种工作,以工资和其他形式的认可作为酬劳;它是一种有板有眼的活动,受几十年来的阐释与研究规范的支配;它提倡一定的警惕性,超脱于阅读的愉悦之外,鼓励批判性反思;它是一种公共活动,受到其他专业读者的评判。文学研究凭借以上几点进行自我定义并保持自己作为一个学术领域的状态,而盖尔利的目的绝非对之表达抱怨或哀叹。他的目的是,强调这几点对学者们的日常文学批评活动施加了巨大的隐形压力,无论他们宣称自己是先锋派也好,政治进步派也罢,都难逃这种压力。学术阅读与外行阅读之间有质的区别;后者是一种消闲,它有不同的阐释规范,是读者自己选择的,其目的是消遣,且往往只关乎读者一人。① 文学学者与大众之间常有沟通上的摩擦,其背后的原因就是没有认识到这种差别的影响。有的人只想享受阅读

---

① John Guillory, "The Ethics of Reading," in Marjorie Garber et al., eds., *The Turn to Ethics* (New York: Routledge, 2000).

《简·爱》的快乐,有的人认为它表现了维多利亚时期帝国主义的症候。这种差别与读者的政治信仰没什么关系,而与其所处的不同阅读场景有关。

正如盖尔利所言,这种差别并非一种二元对立;毕竟,一方面专业批评者也曾是外行读者,另一方面学术批评的学说也常通过课程讲授向更多的听众传播。但理论家乐此不疲且充满热情地把守着其领域的边界。举一例,关于认识的一种观点:很多人都相信,我们在阅读的过程中认识自我。神学批评对此警惕地回应道,任何认识活动对文学作品的他异性都是只有坏处,没有好处。意识形态批评也持相同的批评态度,坚称任何太过显而易见的认识如果没有错误的认识做反例,就会被贬低。我们应该注意到,这两种批评风格都对日常语言和日常想法深深感到不安,并且都认为常识存在着就是为了被揭露和被人发现其缺点的。

在此,我要声明一下我的论点的独特性。我不想将文学理论和常识对立起来,相反,我想更好地消除两者间的隔阂。这并非因为我对所有的常识都表示赞同,恰恰相反,这是因为理论思考得益于塑造日常思想的动机和结构,因此任何拒绝接受日常思想的行为都是不怀好意的。在反思中我们可以发现,过去30年间的重要理论在现在看来就像是启蒙运动的大哲学家们所秉持的传统的最后喘息,他们坚信推理思索能将他们从杂乱、平凡、易犯错的可耻日常存在中解脱出来。还有,各种各样的对商品化、权力的监狱化体制和公认的思想与意识形态的暴政的哀叹,与文学研究中浪漫主义根深蒂固的反世俗传统啮合得太过顺理成章。在将自主的、复杂的艺术视作对专制体制的唯一抵抗源泉的同时,他们也抹杀了文学文本在日常生活中用途的非同质性,以及这种用途在政治上的多变性。①

从这个意义上讲,下文在本质上讲是一篇非宣言;它反对多数文学理论的先锋敏感性,而"先锋"一词已失去其可靠性。我们没有理由认为理论实践要求我们探查普通人物背后的故事,并揭露他们是被骗了还是犯了罪。当代学术界确实也产生了一系列的流派——实用主义、文化研究、哈贝马斯理论、普通语言学理论——它们指出了学界怀疑主义的局限,并认可日常思考是我们不可或缺的资源,而没有将其看作机械的强迫性行

---

① David Carter and Kay Ferres, "The Public Life of Literature," in Tony Bennett and David Carter, eds., *Culture in Australia: Policies, Publics and Programs* (Cambridge: Cambridge University Press, 2001). 对这些问题的探讨,也请见 Dave Beech and John Roberts, eds., *The Philistine Controversy* (London: Verso, 2002)。

为或自欺欺人。① 那么,如果我们接受这种想法,并把它置于文学理论的中心,这意味着什么呢?

这至少意味着,我们需要严肃对待阅读的普通动机——对知识的渴求或对逃避的向往——此类动机在文学学术界常常被忽略。尽管很少被认可,此类动机常隐含在学术文章的脚注和辩护中。"阅读"一词在文学研究中常指迥然不同的几种活动,从翻阅一本平装本小说到发表在《美国现代语言学会会刊》上的精妙阐释等,不一而足。一词多用掩盖了其中的不同。后一种阅读由一篇文章或作品构成;是一次公众活动,受制于把关控制和专业规范:这意味着对创新性和娴熟的反常识的独到阐释的高度重视,对引用该领域重要学者的观点和使用快速变化的批评词汇的强制要求,以及对个人风格太明显的语体的隐晦禁止。这种活动与老师在课堂上的点评或老师在家里舒舒服服读书时的所思所想没什么共同点。换句话说,出版了的学术作品并不能可靠和全面地反映做学问的人如何读书。我们不像我们想象的那样在理论上如此纯洁,即,用鲜明的怀疑

---

① 我们可以在这份名单中添上关于信念(doxa)的有趣的新作。请见 Ruth Amossy, "Introduction to the Study of Doxa," *Poetics Today*, 23, 3 (2002), pp. 369-394. 启发我的还有 Antoine Compagnon, *Literature, Theory and Common Sense* (Princeton, NJ: Princeton University Press, 2004) 以及 Toril Moi, *What is a Woman? And Other Essays* (Oxford: Oxford University Press, 1999)。

姿态剔除平凡却更多彩的阅读反应。我并不是想用平民论者的论调捍卫大众阅读、反对学术阐释,而是想论证尽管两者有明显的不同,它们之间还是有共同的情感和认知的考量的。

在本书接下来的内容中,我会提出:阅读活动包含着一种认识逻辑;审美活动在祛魅的时代与着魔有相似之处;文学创造了独特的社会知识的结构;我们应该珍视被所读之物震惊的体验。这四个类目是我所说的接触文本的几个模式:它们既不是文学的固有属性,也不是独立的心理状态,而是对读者和文本而言都不可简化的两者之间的多层次互动。这些模式与自我塑造、自我变革的现代历史交织在一起,而其用途的多样性也确保了它们不会被削减为单一的政治目的。

读者们在这些词语中可能会发现一些隐含的传统美学类目(发现[anagnorisis]、美、摹仿论、崇高),我想赋予这些词新的解释。这四个类目显然既非全面彻底,又非互斥:我做这样的分割仅是为了分析的清晰性,厘清常常互相纠缠甚至互相融合的几种审美反应。但我坚信一点:任何对人们为什么阅读的解释都要综合考虑多方面因素,并且我们应该彻底放弃对一个终极概念、对一个可以解释所有谜团的答案的追寻。批评者们一旦认为文学的作用就是激发审美上的喜悦,或鼓励人们进行道德反省和自我审查，或被用作改变权力关系的力场，他们就很容易以各种形形色色的方式，与我坚信的这一点背道而驰。

尽管普通的直觉是反思文学重要性的一个宝贵起点，但这种直觉的指称是什么却并非不言自明。看似平凡之物细察之下往往显得极其神秘。文学批评如果还自诩为一个学术领域的话，它就不能附和非学术读者已知之事。对日常思考的尊重与对理论的投入并不冲突；这种思考激发我们问问题，而不是向我们提供答案。我希望，接下来的内容不会使人联想起为处在至暗时刻的文学理论赋予生机的反理智主义，也不会使人觉得我沉溺在了直觉、魅力和对文学的全方位的爱中。

我同时也不赞同最近的一些视情感高于理性、感官性高于概念性、本质意义高于外在意义并要求重回审美体验的做法。我对社会学的信念使我坚信审美愉悦从来都不是未经中介、原本就存在的；就算是我们最不成熟、最不可言传的审美反应都是由我们所受的教育和所处的文化环境决定的。我也不相信为审美体验的价值正名意味着必然需要对概念思维或政治思想进行否定。文学的愉悦常常与认知上的增益和对我们社会存有的深刻见解有密切的关系，这种深刻的见解植根于它对语言的独特运用和配置，而不是与其对立。我的目标是，对审美反应的认知和情感层面同等重视。任何名副其实的理论都必须思考文学如何改变了我们认识自己与世界的方式,以及文学对我们的精神世界的内在影响。①

我的论点同时也向当下的理论辩论引入了一定的现象学维度的讨论。我在提及现象学的时候是稍带有一点惶恐的,因为我自己感觉,我的方法与胡塞尔或日内瓦学派关联甚小。我也没从读者反应批评的现象学分支中获得太多指导;尽管像沃尔夫冈·伊瑟尔(Wolfgang Iser)和罗曼·英加登(Roman Ingarden)这样的学者也有效地强调了阅读的互动本质,但他们提出的审美反应模式是非常贴近形式主义的,是关于读者如何对所读之书产生反应的普适性模板。他们想象中的读者毫无生机,脱离肉体之外,没有激情,也没有伦理观念或政治责任感。换句话说,他们想象的读者完全顺从学术或专业读者的心意。我不能赞同形式上的复义、反讽和打破惯常的图式总是艺术价值的最高体现,也不同意这些是我们阅读文学文本的唯一意愿。

我也不同意现象学研究者常说的先验还原,即为了触及核心的主体性而剥离表面的文化与历史差异的做法。我们不能

---

① Rihard Shusterman, *Surface and Depth: Dialectics of Criticism and Culture* (Ithaca, NY: Cornell University Press, 2002).

就这样对我们的偏见、信仰和假定不屑一顾;个人与社会总是融为一体的,两者之间没有明确的分界线。主体性总是与主体间性有关,个人体验中也总是充斥着社会和政治意义。我赞同利科(Ricoeur)将现象学改造为对符号的阐释,而非关于本质的直觉,也同意他所说的,自我早已成为他者,自我的核心是通过故事、隐喻、神话、意象等中介力量形成的。对我的方法还有利科的方法最好的描述:它是一种不纯的或混合的现象学,它与我对历史方法的坚守紧密相连,而非取而代之。

在我看来,现象学的宝贵之处在于它对第一人称的关注,对现象向自我显露的方式的关注。现象学认为,世界一直是世界向我们展现的样子,它经过我们的意识、直觉和判断的层层过滤。我们会学着质疑我们的信仰;我们会发现我们看似自发的反应实际上是由文化压力决定的;简单地说,我们也承认我们体验的历史性。但我们不能跳出所处的有利位置,即我们在这个世界上不可逃避也不可逾越的存在状况。现象学鼓励我们放大并细察这种作为自我存在的状况究竟包含了什么。这种细察对我而言,并不要求我们相信人的自主性或完整性,也不要求我们否认意识的隐晦和无法看清的层面。日常态度既非无效的(正如后结构主义和政治批评所言),也不是不言自明的(正如人文主义批评所言,它常不加审查地使用"自我"或"价值"等词);日常态度的方方面面都值得一番细察。因此,我的章标题既是对体验的普通结构的命名,也是对政治、哲学和美学概念的复杂历史的展开。

这种引入现象学维度的做法如何深化我们对美学的感知和对文学文本的政治看法?"回到事物本身"是现象学著名的战斗口号:它宣称我们需要学会去看——真的去看——我们眼前的一切。换句话说,它呼吁我们公平看待读者对他们所读的字词做出的反应,而不依赖书本上的理论,或凭空猜测阅读是什么。在这一点上,康德哲学的遗产帮助不大:康德的意图是创立一套关于自然美的理论,而非对艺术下一整套定义。有些人因而误解了他的想法,从而误导人们将审美与艺术合并起来。① 康德哲学推崇的认知方式——对形式、美或表现式设计(expressive design)的单一关注,即传统所言的"审美"——是对艺术作品做出反应的可能性之一,但绝非本质的或唯一的。这绝不是否认艺术在现代性中获得了一定程度的自主性,而是强调这种过程比人们通常认识到的更不稳定、更矛盾、更具有冲突性、更受限制。现象学式阅读要求我们以不教条、更开放的心态来面对各种各样的文学反应;即便有些反应未被纳入专

---

① Noel Carroll, "Beauty and the Genealogy of Art Theory," in *Beyond Aesthetics: Philosophical Essays* (Cambridge: Cambridge University Press, 2001).

业批评领域,但这并不能削弱其重要性。

还有,些许现象学维度使我们能少考虑一点文学所涉及的政治性工作。文学批评者乐于赋予其阅读的文本以额外的力量,乐于认为中产阶级的形成是小说兴起的唯一因素,并且乐于假定社会动乱的颠覆力量是从动乱者最喜爱的表演艺术作品里来的。但文本不能直接作用于现实世界,只能通过阅读文本的人的介入产生影响。这些读者都是异质的、复杂的小宇宙:是由社会塑造的;更是信仰和情感、惰性和对创新的冲动、文化共性和个性的内在调整的综合体。在我们称之为阅读的双向活动中,文本经过紧密交织的阐释与情感取向的过滤,这种过滤既激活又限制了文本的影响。放大并细察阅读活动的多个层面和多种决定因素可以揭示出:文学的作用并非像美学家说的那样光彩熠熠,也不似激进者认为的那样冷酷专制。

因此,这本书促成的是一种新现象学(neo-phenomenology),融合了历史学和现象学的观点,尊重意识的复杂性,同时不会将社会政治的考量弃置一旁。史蒂文·康纳(Steven Connor)是这种新现象学转向的先驱,他提议对"情感的物质、习惯、器官、仪式、执念、病理、过程以及模式"进行更进一步的关注,以上种种常被批评理论的框架和形式主义对文学性的招引阻挡在外。① 当下跨学科的对情感和感情的兴趣为学界带来了一股新风,即对个人体验的描述接受度更高。酷儿理论也引入了现象学维度:受前文提到的塞吉维克对怀疑阐释学的批判的影响,批评者开始进入情感研究的涡流,试图把握情感与心理定位的性质和强烈性,而非急于对其进行解释、评判,或干脆希望其消失。②

对某些读者而言,任何提及现象学的做法都是非历史的,都是对文化特殊性视而不见。因而我认为有必要对普遍性与特殊性、理论与历史之间的微妙平衡做出一点说明。我所讨论的审美反应很大程度上可归因于现代化环境,在此环境下,阅读在自我塑造的过程中有了新的构造性角色。我并不想贸然对主导前现代或非现代阅读模式的思想和情感结构下论断。尽管我确实是围绕着这些模式展开讨论的,但我同时也注意到影响审美反应的社会和历史环境的压力。现代读者在对震惊和认识的体验上的确与以前有不同之处,但其中也有传承——

---

① Steven Connor, "CP: Or a Few Don'ts by a Cultural Phenomenologist," *Parallax*, 5, 2 (1991), p. 18.
② 请见 Heather Love, *Feeling Backward: Loss and the Politics of Queer History* (Cambridge, MA: Harvard University Press, 2007); Sarah Ahmed, *Queer Phenomenology* (Durham, NC: Duke University Press, 2006)。

也正是这种传承使得人们有可能识别出某种特殊的格式塔——一种思想或情感的特殊结构。在批评史中,人们对这种传承的特性和其作为审美反应的复杂性关注不多,因而我可以提出关注传承性的许多理由。我想弄清着魔究竟意味着什么,也想记录下着魔的特别片段。

也有些时候,历史化的做法会变成一种防御机制,一种与艺术作品保持一定距离的手段。我们进行量化和评审,我们犹豫不决且让事情变得复杂,我们在文本的周围围上了一圈历史描述与实证细节的灌木丛,让文本尽可能远离我们混乱、有威胁且理论上不正确的欲望与投入。在这个意义上,现象学并不是历史化的敌人,而是有价值的补充物或同盟者。历史分析往往采用第三人称,而现象学则将其拉回第一人称,并解释清楚特定的文本为什么、怎么样对我们产生重要意义。它呼吁我们尊重自己对所读文本产生的影响和我们自身的参与,让我们不要袖手旁观、面带羞惭地对待我们自己的审美反应。在这一点上,我的论点与近来的文学研究伦理学转向有一定联系。这种转向敦促我们阅读而非看穿文学作品,去关注言说的行为,而非只在乎被言说之物的实质。阅读行为有自己的伦理观和政治观,它不是发生在别处的更本质的东西的替代品。①

由此,我发现我被一种"共情体验"(emphatic experience)的想法深深吸引,它可以公平对待不同的审美际遇之间的差别的力量和强烈性,同时不会认同本质主义者对高雅和低俗艺术的二元区分。② 过去几十年中,学者对经典和传统的价值等级进行了猛烈的批判。但此类批判总是倒退到一种陈旧且不足取的实证主义,即认为价值的问题可以完全被消除掉。实际上,正如他们的论述所展现的,价值评估并非随意的:无论是在生活中还是做学问时,我们总是被逼着去选择,被要求着去评级,永远处在选择、分类、区分和偏好的活动中。我们只需看一看我们选择阐释的文本,我们收入课程大纲的作品,或者我们屈尊同意、忽略或否定的理论。对价值的批判只不过是通过一番否定评判又强调了一下价值评估的顽固性。如约翰·弗劳所言,"我们在关于价值的话语中无处可逃"。这种话语对价

---

① 与许多当下的伦理批评不同,我不认为伦理纯粹是特殊性和他者性的问题。在我们与他者的接触中,我们寻求的不仅仅是对我们之间不同的认可,还有对我们之间潜在的共同点和相似性的认同。见 Adam Zachary Newton, *Narrative Ethics* (Cambridge, MA: Harvard University Press, 1995); Robert Eaglestone, *Ethical Criticism* (Edinburgh: Edinburgh University Press, 1998)。
② 我所用的"共情体验"这个词出自 J. M. Bernstein, *Against Voluptuous Bodies: Late Modernism and the Meaning of Painting* (Stanford, CA: Stanford University Press, 2006)。但伯恩斯坦用这个词是在讨论艺术在理性化、具体化的社会中起作用的阿多诺式理论语境之下;我不确定他是否会认可我这样宽泛地使用这个词。

值评估的对象而言并非天然固有的,对价值评估的主体来说也非独立形成的,而是在体制结构、阐释群体和独特的个人品味之间的复杂互动中产生的。①

当然,文学的价值同生活中的价值一样,是因人而异的。有的人或许会因为一本小说忠实地描述了冰岛渔民的日常生活而对其大加赞赏,有的人或许会赞美同一部小说自我破解的颠覆美学,这两种读者诉诸的价值框架是不同的。在接下来的内容中,我会提出价值框架的可变性和其在某些情况下的不可通约性。即使在同一个价值框架之下,产生的评判都可能不同。虽然审美偏好受社会分歧和文化压力的影响,但它与特定的持某政治立场的人或集体没有简单直接的关系。因此,试图规定某种审美是女性审美、流行审美,或者黑人审美,这种做法必会受特定社会群体中价值评判和价值框架的变化的限制。

"共情体验"一词的外延足以容纳不同的价值框架,同时尊重我们对特定文本做出的反应的差异性本质。它承认,我们的

---

① John Frow, *Cultural Studies and Cultural Value* (Oxford: Oxford University Press, 1995), p. 134. 也请参见 Barbara Herrnstein Smith, "Value/Evaluation," in Frank Lentricchia and Thomas McLaughlin, eds., *Critical Terms for Literary Study* (Chicago: University of Chicago Press, 1995); Steven Connor, *Theory and Cultural Value* (Oxford: Blackwell, 1992); Simon Frith, *Performing Rites: On the Value of Popular Music* (Cambridge, MA: Harvard University Press, 1998).

情感在程度上和种类上都有差别，我们不会也不可能同等地喜好所有文本，并且在看剧或看电视的时候我们会发现有些片段比另一些更难忘、更引人入胜、更与众不同。但是，因为共情体验的性质、内容和评价标准没有被确定，所以它认可多种多样的审美反应：一个人可以出于不同的原因被不同的文本打动。这种见解在文学研究中常被忽略，正因为学者一根筋地关注反讽、复义和不确定性的价值，使得它被其他价值结构神秘化，并被拿来拙劣地解释对艺术作品产生的其他审美反应。

就这一点而言，下文的一个优点——或阻碍，取决于你如何看待——是它考察了思考审美体验的不同方式，而这些方式不会依赖于假定的文学优越性或文学性。我对小说、戏剧和诗歌的关注来自我所受的训练和有限的专业才能；进一步讲，文学院系正遭受所有人文学科都在面对的为自己正名的危机。但我所要讲的一大部分内容也关乎其他艺术形式，如电影。电影的作用正日趋突显，它被视为认识上的见解、自我认知的词汇和情感状态的提供者（我在第二章尤其明确地提到了电影）。如果文学研究想要在21世纪生存下去，它需要重新唤起它的志向，重塑它的方法。为达到此目的，文学研究必须与对其他媒体的研究建立更紧密的联系，而不是紧紧抓着文学地位的特殊性不放。当然，这种联系与合作需要学者审慎关注诸多美学形态中不同媒介的特性。

因此，本书也是一场赌博。或许这是打了一个不切实际的赌，赌的是对文学的一次片面反思能展现出其不同的维度。在过去的几十年中，我们都被塑造成持怀疑论的读者，永远对美学形态的秘密动机保持警惕。尽管有的时候学者们想保持公正，但文本都会被塞进一种不成熟的压迫与自由、遏制与违反的辩证论中，审美体验的多种方式也因此被削减。与此相反，我提供的是一种思想实验，努力从其他角度看待事物，并勾画出一种积极的美学的轮廓。怀疑已成为一种常规、一种自我防卫，甚至能让人深感放心可靠，或许此时正是对我们确凿的怀疑论进行质疑、对我们诊断文本的权威进行诘问，并直面我们对它们的依赖有多深的时候了。

我的目的并非抛弃我们熟练使用的工具和我们已有的见解；我们无论如何再也不能回到天真无知的状态了。为长远计，我们都应该听从利科的建议，将自发的怀疑和倾听的热忱相结合；我们的阅读没有理由不能将分析与情感、批评与爱结合起来。然而近年来批评的钟摆向一边偏得太远了；我们批评的语言太过熟练精巧，已远超出我们为之辩护的语言。在接下来的几页中，我意欲追寻另一种思考模式，并冒险转到另一个方向。在讨论文学的价值时，我们是否可以不再老生常谈，不言陈词滥调，是否可以做到不感情用事或感情泛滥（Schwaermerei）？让我们拭目以待。

一 认 识

在一本书中认识自己,这是什么意思呢?这种体验乍看上去平凡至极,但又特别神秘。在翻书的时候,我被引人入胜的描述、接连发生的事件、人物之间的对话、内心的独白吸引。突然,没有任何预兆地,一种瞬间的联系在文本和读者之间建立起来;两者之间的联结和共鸣也被揭示出来。我或许是在寻找这一瞬间,也或许会与这一瞬间偶遇、在看到我预想到的那一串词语组合时被吓一跳。不管怎样,我都感觉到自己被召唤、被呼唤着去做出解释:我不能自制地在我所读之书中发现自己的痕迹。无可争辩,有什么东西已起了变化;我看待事物的视角变了;我现在可以看到之前看不到的东西。

小说产出了多种多样的关于这种再调整的描述,语言的力量把小说读者从其熟悉的环境中拉了出来。可以想见,托马斯·布登勃洛克(Thomas Buddenbrook)在读叔本华的作品时,陶醉在其思想系统中,而这对他的人生也产生了眼花缭乱的新影响;或者《寂寞之井》(*The Well of Loneliness*)中的主人公斯蒂芬·戈登,她在父亲的书房中偶然看到克拉夫特-埃宾(Kraff-Ebing)的著作,惊异地发现她想要成为一个男人并爱一个女人的欲望并非没有先例。这些片段表明有的作品会使读者对自己是谁、自己是什么产生疑惑,而读者会被这些作品深深吸引。读者通过向外看而非向内看、通过解密纸张上的油墨字,对自己有了不同的看法。

引发读者强烈自我反省的通常是虚构作品。《道林·格雷的画像》描述了道林对一本书的痴迷,这本书通常被认为是J. K. 于斯曼(J. K. Huysman)的颓废宣言《逆流》。"主人公是一位巴黎的翩翩公子。在他身上,科学和浪漫的气质神奇地融合在一起。而这位主人公于他而言,成了对他自己的预言。并且这整本书装载的好像是他自己的人生故事,在他人生开始之前就已经被写完了。"① 在这里,认识不是反省式的,而是预期式的:小说预示了道林即将变成的样子,预示了隐而未显的潜在未来。一百年后,潘卡吉·米什拉(Pankaj Mishra)的小说《浪漫主义者》的年轻叙事者(居住在印度贝拿勒斯的一个学生)迷上了福楼拜的《情感教育》,他发现,"主人公弗雷德里克·莫罗巨大、热忱却不确切的渴望,他的犹豫不决,他的漫无目的,他

---

① Oscar Wilde, *The Picture of Dorian Gray* (Harmondsworth: Penguin, 1985), p. 158.

的自我鄙夷仿佛都是我自己的映照"①。米什拉把自己的话与福楼拜的交错在一起,告诉那些指控经典文本把印度人转化为未来的欧洲人的评论者,此时正在发生的是一种读者和文本之间更复杂、更多层次的相遇。

这些关于认识的小片段,都是从不同的、不相干的文学世界中采摘而来的。《寂寞之井》让读者毫不犹疑地相信一个重大的发现已经出现;不管我们的性学视角为何,我们都被要求相信,斯蒂芬·戈登对自己在世界上的位置有了重要的认识。不可逾越之线已被逾越,有些东西已被赤裸裸地揭露,真理也被揭示了出来。在其他小说中,认识的时刻被加入了太多反讽的成分,导致我们不确定主人公是收获了还是丧失了自我认知。道林到底是弄懂了自己内心最深处的意愿和欲望,还是仅仅被一本流行小说的魅力迷惑,被诱惑着去摹仿一种摹仿,陷入被镜子环绕的密室?当然,由于王尔德偏好夸张手法和奇技淫巧,并把道林塑造成他人欲望与语言的混合体,这一自我认知的时刻被削弱了很多。但是作为读者,如果我们通过道林的反应了解到一种更普遍的人易受影响的特质,那么一种认识活动不也已经发生了吗?

---

① Pankaj Mishra, *The Romantics* (New York: Vintage, 2000), p. 155.

放在一起看,这些例子指向的是认识的复杂和矛盾的本质。它既使人安心,又使人紧张,它在刹那间集合了相似和不同。在我们认识某物时,我们的的确确是在"重新了解";我们理解不熟悉的事物的方式是将其纳入已有的认知结构中,将其与我们已知的事物建立联系。但正如伽达默尔(Gadamer)所言:"认识的乐趣是对我们已知之事了解更多。"①认识不是重复;它指向的不只是我们之前所知之事,而是即将知道之事。从前我们隐隐地、模糊地、半有意识地感知的事,现在完全改变了,它被放大,被增强,或全新地出现在我们眼前。在外在性和内在性的交互中,处在我之外的事物激发我对自己有了一个修正过的、不一样的认识。

考虑到小说曾深切、复杂地影响了自我,它自然需要对自己的影响进行反思。一种常出现的情节:一位英雄踏上了一段自我探索的旅途,在途中对自己的人生应该是怎样产生了疑惑。查尔斯·泰勒和安东尼·吉登斯认为,自我是徐徐展开、没有固定结局的——或如泰勒所说的,对自我塑形的冲动——这种想法正显明了一种现代意义上特有的对自我的认识。从传统和社会等级秩序的束缚中解脱出来的个体,又面临自由设

---

① Hans-Georg Gadamer, *Truth and Method* (New York: Continuum, 2003), p. 114.

计人生并为之寻找意义的重负。在自我变成自我反思之时,文学承担了一个重要任务,即探索作为一个人意味着什么。小说包含一种增强的心理认识,可以思考深不可测的动机与欲望,探寻难以言传的意识之流和意识的偏狭之路,强调自我决定和社会化之间数不清的关联和冲突。小说通过描绘处在自我反省中的人物,鼓励读者进行类似的自我省察活动。它涉及的是一种现代特有的个体感——某批评者所说的即兴的主体性——但这种对个人特殊性和内在深度的信念也融合了关于他者的观点。① 一个人正是通过正在做同样的事的他人的提示,才了解到如何做自己。从少年维特饱受折磨的宣泄,到达洛维夫人哀悼式的反思,小说在主体性这一主题下生产出了无穷无尽的变体。

从文化历史和日常对话中,我们可以看出,认识是阅读过程中发生的常有的事件,也是阅读的强有力的动机。普鲁斯特有过一段论述:

每位读者读书时,都是在读自我。作者的作品只不过是一件光学工具,目的是让读者看清某些东西,如果没有

---

① Richard Barney, *Plots of Enlightenment: Education and the Novel in Eighteenth-Century England* (Stanford, CA: Stanford University Press, 1999).

这本书,有些东西他自己可能根本领会不了。读者在书中得到的对自我的认识即是这个论断的证据。①

这种将阅读与自我反省联系在一起的做法在近几十年中获得了新的活力:女性和少数族裔发现文学是分析人性之复杂的绝佳媒介。然而,尽管认识遍及阅读与阐释活动,关于认识的理论活动还是受限制和禁忌的包围,它常常被贬低为不得体甚至丢脸的。它被视作向幼稚、不专业行为靠拢的自杀行为。认为一本书其实是关于我的,这难道不是自恋的最高形式吗?将一部文学作品看作一个人自我窘境与困难的寓言,这难道不是太过于自私自利了吗?而且,当我们开始将文本视作自我的投射时,我们难道不是在轻视和限制艺术吗?

推动人们对认识保持警惕的是近来影响文学研究的列维纳斯理论。作为他者的拥护者,列维纳斯警示我们,不要认为我们最终可以理解与我们不一样的或陌生的人和物。道德准则要求我们接受他者的神秘性,接受他者对概念图式的抗拒;要求我们放弃求知的欲望。试图将文学作品与个人生活联系起来,这是对文学不可被削减的独特性的威胁。对浸淫在关于

---

① Marcel Proust, *Remembrance of Things Past* (New York: Random House, 1981), 3, p. 949.

他异性和差别的讨论中的理论家来说，任何提及认识的做法都会引起他们的反感。认识不仅意味着轻视，还意味着一种类似殖民的做法；它意味着自恋的自我重复，意味着令人不快的唯我论，意味着主体性在专横地扩张，通过把所有事物转化为自我来侵占他者性。

如果说关于认识的观点能在文学理论中得到承认的话，它一定是已被拉康或阿尔都塞的学说转化为一种错误认识。这两位哲学家为我们提供了两则自我欺骗的寓言。拉康描述了这样一个场景来论述镜像阶段：一个小孩看向镜子，被自己的镜像迷惑。正因为镜面的反射作用——或起镜子作用的母亲的鼓励和摹仿姿态——小孩开始对自我有了初步的理解。这种初步理解在小孩意识到镜子中的影像是他自己时开始逐渐变得协调统一。但是这一认识的时刻是虚幻的，是诸多错误认识的时刻之一。不仅自我的镜像是在自我之外形成的，并且镜子里看上去颇为真实的向外看的人也揭示了身份中心的空虚。拉康的主体在本质上是空洞的，是一个幽灵，这体现了认识自我的不可能性。

对于阿尔都塞而言，错误认识发生的重要时刻在大街上，在他所称的询唤（interpellation）或打招呼（hailing）的时刻。在我走路的时候，我可能会听到身后警察的呼唤声："嗨，前面那个人!"在转头看的时候,在感觉自己被通用的称呼召唤的时候,我作为一个主体被创造出来。我承认自己作为一个主体的存在,承认自己受法律制约。因此,认识到自己是一个主体意味着认可自己的服从;自我认为自己是自由的,但同时又戴着甩不掉的枷锁。一个人的人格中有一点很明显:它是无须自证的现实存在,并且需要被认识。但正是这明显的一点成了意识形态的本质,即政治发挥效力的典型手段。正是因为陷入了虚构主体性的陷阱,个体才被融入国家机器,并顺从现状。

在过去的三十年中,这些平淡无奇的小故事成了先兆性的寓言,凸显了自我认识的虚幻性。不管虚构作品是类似镜子还是类似警察,它总是引诱读者获得对自我存在的错误认识,让他们误以为自己是统一的、自主的个体。讲故事、现实主义美学与这种错误认识有着紧密的联系,因为对故事中的人物产生认同感是吸引我们去相信故事中人物的真实存在的重要机制。批评的作用是审问这些关于自我的小说;隐藏在认识结构中的政治默许必须向对身份这一概念进行的彻底审查让路。在此处,我们看到怀疑阐释学达到了顶点,它确信我们关于人的寻常直觉是被彻头彻尾地蒙蔽了的。

错误认识总是会发生,这一点是无可争议的。谁会否认人们常常在自己的欲望和意趣上自欺欺人,否认我们常常误判了我们是谁、是什么呢？文学文本常常是人们犯下的这些错误的汇编，凸显出了自我认识的不可能性。悲剧是一种记录人们不能正确认识自我或他人而造成的恶劣后果的文学体裁。并且奥斯汀、艾略特、詹姆斯等人的小说难道不也是对恼人又无处不在的错误感知和错误认识的见证吗？但错误认识一词同时也预设并包含着它的反义词。在对错判决中，错误认识一词暗示一种更正确一点的认识是可以实现的，以及我们的判断可能是有缺陷、需要审查的。尽管自我欺骗是主体性的必然基础，但它没有任何批判价值和诊断力量，我们也无法做出区分或衡量我们理解力的增长。并且，批评者很快就会发现这是一种克里特岛骗子悖论。如果我们永不可能做出正确的判断和理解，那我们怎么知道我们所认为的错误认识真的是错误的呢？从这个意义上讲，认识的批评者很快就会暴露出，他们根本无法坚守他们论证前提中的规范标准。

尽管认识在英语语言系统中惨遭溃败，但它在其他领域获得了胜利。政治理论家现在正将"认识"视作我们时代的一个关键词，一个激励人心的想法，从中可以生产出为社会正义的重要性和影响力进行辩护的新框架。比方说，南希·弗雷泽（Nancy Fraser）的著名论述将一种把认识视作围绕性别、种族和性向差异建构起来的文化政治观，与一种定义了传统社会主义目标的经济再分配的目标相比。女性主义、同性恋激进主义和少数族裔对自决的追求是这种寻求公众认同感的做法的绝佳例证。相反,对阿克塞尔·霍耐特(Axel Honneth)而言,对认识的追寻不是由社会运动驱动的新现象,而是人类学意义上的恒定现象,是决定了人之为具有多重文化政治伪装的人的一种特征。他认为,认识是理解所有社会不公平和自我实现的努力(其中包括被阶级操纵的那部分)的关键所在。文学研究从这些论辩中可以学习到的是,它们在构建对认识的看法时绝不盲目轻信。政治理论公平对待我们的日常直觉,即认为认识不是一种错误做法或诱惑,而是,如查尔斯·泰勒(Charles Taylor)所言,一种"重要的人类需求"[1]。

现在,我需要讨论一下人们有可能会对我的主旨观点产生的异议。我到现在为止所用的"认识"一词,指的是一种认知上的洞察力,一些知道了解或再次知道了解的时刻。我尤其努力地思考,人们口中常常提到的"我在读完一本书之后更好地认识了我自己"指的是什么。这里的相关观点与理解、见解、自我

---

[1] Charles Taylor, "The Politics of Recognition," in Charles Taylor et al., *Multiculturalism: Examining the Politics of Recognition* (Princeton, NJ: Princeton University Press, 1994), p. 26. 关于弗雷泽和霍耐特的辩论,请见 Nancy Fraser and Axel Honneth, *Redistribution or Recognition? A Political-Philosophical Exchange* (London: Verso, 2001)。

认知有关。(当然,认识是认知的,并不意味着它是纯粹认知的;自我认识的时刻可能引发各种各样的情感反应,从高兴到不高兴,从愉快到失望,都有可能。)但是,政治理论家谈论认识时,他们指的是另一个东西:不是认知(knowledge),而是认可(acknowledgement)。在这里,关于认识的论述其实说的是公共生活中的接受、尊重和包容。它的意义是伦理的,而非认识的;它是对公平的呼唤,而非对真理的论断。还有,阅读中的认识是以自我启迪与增强的自我理解为中心的;政治学中的认识包含对公共接受和认可的需求。前者指向的是自我,后者指向的是他人,因而这个词的两种意思完全不同。

但这种区别并非二元对立;关于认识的问题与关于认可的实践紧密纠缠在一起。斯坦利·卡维尔(Stanley Cavell)喜欢用另一句话解释这一点:"了解他人。"这句话的意思与认识论上的确定性没什么关系,而与个人责任感的强度有关。所以,我们对我们是谁的认识植根于我们存在于这个世界上的多种方式中,以及我们与他人的共鸣和冲突中。这种自我是"社会建构的"(socially constructed)——的确,我们只能在我们能接触到的文化资源中生存——但这不会降低自我的重要性:放弃对自我的信念没有多大意义。从这个角度讲,怀疑论的语言游戏撞上了它自己的固有限制:用维特根斯坦的话说,"怀疑是有止境的"①。我们如果在认识的确定性或不在场性这一问题上止步不前的话,就不会对我们存在于这个世界的影响有更好的理解。

其实不同的学科对认识的价值有不同的看法,这不难理解。关于认识的政治理论可以追溯到黑格尔,但关于认识的文学理论是由20世纪法国学派的反黑格尔主义构建起来的。在后一种流派的传统中,认识与一种盗用逻辑、一种极权式的对同一性的向往串通一气,因而被诟病。但这种评判显然没有公正对待认识这一概念的多面性和灵活性,也忽略了认识的对话和非同一性维度,忽略了它也存在于先于主体性的主体间性的关系之中。自我意识的能力、将自我作为自己思考对象的能力,只有在与他者性的相遇中才有可能实现。因此,认识的前提就是差异性,它并没有将这种差异性排除在外,它构成身份建构的基本条件。② 因为自我是在与他者的关联之中建立起来的,所以自我认知与认可两者关系紧密。主体间性的理论家在意识到自我是社会建构的而非自成目的(autotelic)之时并不会感到失望或苦恼,但他们也不会将这种由社会建构起来的自我

---

① Ludwig Wittgenstein, *Philosophical Investigations* (Oxford: Blackwell, 2001), p. 154.
② Majid Yar, "Recognition and the Politics of Human(e) Desire," in Scott Lash and Mike Featherstone, eds., *Recognition and Difference* (London: Sage, 2002).

斥为虚幻和假造。他们不会把关于自我的观点当成意识形态结构或话语结构造成的认识论上的错误,而是坚决主张人际交往在个人塑造中极其重要。我们本质上是社会动物,我们的生存与福祉仰赖于我们与特定的、具体的他者的互动。他者不是自我的限制,而是自我形成的条件。

自不待言,这种人际关系经过了语言结构与文化传统之网的过滤。我与你永远不是赤裸相见的。当我们向彼此讲话时,我们所用的语言是自古流传下来的,是无数他人已经用过了的符号,是无数的神话与电影、诗歌与政治讲演中用过留下的残渣。我们的语言充满了修辞,外表涂满了比喻,且被我们无法逃避的层层含义覆盖。尽管自我是对话性的,但这种对话不应该被错认为是和谐、平衡,或以相互理解为基础的。在这里我们可以借用尚塔尔·墨菲(Chantal Mouffe)的观点,即社会关系中必然存在冲突与对立;还有朱迪斯·巴特勒(Judith Butler)的观点,即黑格尔式认识背后的驱动力是分歧与自我的丧失。[1] 认识与和解绝不是同义词。

但是起限制作用的结构也可以起支持作用;包围着我们的

---

[1] Chantal Mouffe, *The Democratic Paradox* (London: Verso, 2000); Judith Butler, "Longing for Recognition," in *Undoing Gender* (New York: Routledge, 2004).

信仰与传统是意义的源泉,也是迷局的源泉。来自过去的词句在我们的交互中被打磨和整修,又焕发出新的光泽。语言不总是也不只是异化和分歧的符号,但也是"只有通过语言的塑造才会出现的对意义的共同体验"①的来源。尽管语言从来不归我们所有,但我们可以借用它,按自己的意思改变它,就像我们所说的话的某些层面的意义永远不会为我们所理解。我们是具体的、植根于世界之中的存在,我们使用词语,也被词语使用。尽管知道我们自己是由语言塑造的,我们还是可以对这种塑造进行反思,改变我们在这个世界上存在与活动的方式。语言不会阻碍自我认知,相反,它是我们达到自我认知的主要手段,尽管我们理解自我和他者的努力可能不完善、有瑕疵。我们生活在查尔斯·泰勒所说的对话(interlocution)之网中;我们挣扎着想借用并对照他人来定义自己,并进而获得鉴照他人与反省自我的能力。

这种对认识和主体间性的粗线条的思考如何与文学研究的具体问题相关联呢?文学文本会导致不同形式的认识,并可以被用作研究认识的体验与审美复杂性的实验室。但如果我

---

① Daniel Stern, *The Interpersonal World of the Infant: A View from Psychoanalysis and Developmental Psychology* (New York: Basic Books, 1985), p. 162.

们把书当作人,把阅读当作面对面的相遇,这种类比却只会把我们引入歧途。文本不能思考、感知或做出行动;如果它对这个世界能造成影响的话,它的影响只能通过在与读者的交互中施加。但是,尽管书不是主体,它也不完全是被动的客体,不只是一种随机事物。它充满了意义,堆积着共鸣,以多层次的信仰与价值系统的形式来到我们面前;它代表的是比它更宏大的东西。尽管我们通常不会把书误认作人,我们却常常认为它传递着人的态度,认为它支撑着或质疑着更宏大的想法和综合的思考方式。

在这个意义上,阅读类似于与一个"概略化的他者"相遇,这个词由 G. H. 米德推广流行开来。像其他主体间性理论家一样,米德认为自我的塑造包含各种混杂因素的纠缠,混杂程度之高,以至于"我们和他者之间没法划出清晰的界线"[①]。只有将他者的期望内化,我们才能获得对个体性和内在的深度感知,或者换句话说,我们才能对塑造了我们的规范与价值产生怀疑。我们凭借自我本身无法习得自我定义的语言。这种关于"概略化的他者"的观点是一种描述更为广阔的集体性的方式,自我正是属于集体的一部分。它不是真正存在的实体,它

[①] G. H. Mead, *Mind, Self and Society* (Chicago: University of Chicago Press, 1962), p. 164.

是一种想象的映射——一种对他人如何看待我们的构想——这种映射影响了我们的行为,也影响了我们关于自己的叙事。它指向的是我们与社会想象之间的第一人称关系,是架构起和充溢于我们个人历史的异质性的故事、历史、信仰与理想的集合。

在何种情况下,文学才能在自我塑造中扮演协调者的角色?它通常发生在其他认可形式匮乏的时候,或是一个人感觉到自己与周围环境格格不入的时候。女性主义批评家苏珊娜·犹哈兹(Suzanne Juhasz)曾反思自己对虚构的热忱,她写道:"当似乎没有人能理解我是谁的时候,当我感觉书认出了我的时候,我感觉存在于现实世界比徜徉在书海更孤独,我认识自己也正是因为书。"[1]阅读或许会提供在别处寻不见的安慰与释放,它让我确信我不是一个人,还有其他人跟我有相同的想法或感受。在这种归属体验中,我感觉自己被认可了;我从隐身的恐惧,从无法被人看见的恐惧中解脱了出来。还有,有一些认识的时刻并非发生于私人或独自阅读之中,个体聚集到一起看剧或看电影时也会激发出强烈的共鸣。审美体验使人们具体地感受到自己是一个更宏大的共同体的一部分。

---

[1] Suzanne Juhasz, *Reading from the Heart: Women, Literature and the Search for True Love* (Harmondsworth: Penguin, 1994), p. 5.

历史上有一个关于这种认知/认可的例子可以阐明这一理论观点。19世纪80、90年代,易卜生的剧作在伦敦首次上演时,其上演的时段通常在午后,大部分观众是女性。当时的记者在提到这类特殊观众的特殊习惯(喜欢大帽子,喜欢看剧时大嚼巧克力)时,语气中通常会带点傲慢,但他们也对这些观众观看易卜生戏剧的热情有了深刻的印象。女性似乎更能在易卜生的戏剧中认识自己。以下是著名的易卜生戏剧女演员伊丽莎白·罗宾斯(Elizabeth Robins)在回应对《海达·高布乐》(*Hedda Gobler*)的差评时所说的话,这部剧能搬上舞台,她起到了关键作用:

> 克莱门特·斯科特先生(Mr. Clement Scott)能理解海达吗?——除了奇才易卜生,还有哪个男人能真正理解她?当然没有。这也是该剧的了不起之处。男人们在生活中连他们的妻子、女儿和女性朋友都理解不了,怎么可能理解舞台上的海达?一位我们认识的已婚、生活中没有明显不顺心的事儿的太太笑着说:"海达是我们所有人。"[①]

---

① Elizabeth Robins, *Ibsen and the Actress* (London: Hogarth Press, 1928), p. 18.

我们该如何理解这则平凡、没什么新奇之处的轶事呢？文学理论家在解释这一归属感的瞬间时所用的词是"认同"（identification），但是这个词特别不准确，它外延界限不清，模糊了存在着差异，甚至迥然不同的各种现象。认同可以指读者在聚焦技巧、视角或叙事结构等方面的手段的鼓励下，在形式上向某个人物看齐（alignment）；它也可以指拥戴（allegiance）某个人物，即感受到对这个人物的共鸣或依恋。持认同论的批评者往往混淆了这些问题，并假定读者只要在形式上向虚构人物看齐，就不得不接受这个人物所代表的意识形态。因而认同一定会导致询唤的发生。在现实中，结构上的看齐与智力或情感上的认同之间的关系没这么显而易见；不仅不同读者的评判标准和依附感大不相同，而且文本也存在着大量无法被同情的主人公，或不可靠叙事者，我们不太可能接受或相信他们的视角。[1]

更进一步讲，在我们与虚构人物产生共鸣时，"认同"这一笼统的术语也不能被用来区分其中涉及的复杂多样的心理状态。一种可能情境是——我们可以称之为包法利夫人综合征——读者的自我知觉被她对虚构人物的归属感吞没，这种归

---

[1] Murray Smith, *Engaging Characters: Fiction, Emotion, and the Cinema* (Oxford: Clarendon Press, 1995).

属感包含了暂时性地放弃有意识的反思和分析。读者的依附感的表现形式是对理想型人物投入全部精力,这类人物常常因为距离感而被珍视,并且给读者带来从日常生存中的逃离感。正是这类人物的特殊性,才使读者如此向往。读者沉浸在虚构文本的虚拟现实之中,感觉到狂喜、着迷,或感觉被带走了。我会在"着魔"一章讨论这种忘却自我的断裂状态。

另一种阅读体验指向的是读者的意识,而非指向读者的意识之外。它引发的是现象学式的自我审查,而非自我迷失。小说中的人物就像棱镜,反射出经过修正或修改的读者对自己是谁的理解。自我认识与增强的自我认知的体验经过了审美中介的调节;将自己视为海达·高布乐意味着重新认识自己。一个女人在讲"海达是我们所有人"时,她对自己有了不一样的称呼,有了不一样的看法,她的自我描述也有了新的表达方式。在这里,向虚构人物看齐引发了自我认知与认可的互动,也引发了伴随着强烈的认知再调节的归属感。换句话说,认同这个词无法区分读者参与这一过程中涉及的认知和经验层面上的多变层次。[1]

---

[1] 参见 Don Kuiken、David S. Miall 与 Shelley Sikora 合著的 "Forms of Self-Implication in Literary Reading," *Poetics Today*, 25, 2 (2004), pp. 171-203。

我所引用的罗宾斯的话还有一处值得注意,即她所用的复数词"我们"。上下文显示得很清楚,这种集合称呼与性别有关,"我们"一词指的是女性。她所宣称的"海达是我们所有人"体现出易卜生的这部剧通过对女性状况的描述,对她们产生了强烈的吸引力。的确,据罗宾斯所言,女性观众在海达身上看到她们被错误认识和不被理解的时刻。正如易卜生剧中的男性角色摸不透海达的动机和欲求,正如男性观众无法理解海达、无法对作为剧中人物的她产生代入感,观众当中的女性也常被她们的丈夫、父亲和朋友如此误解。文本和世界产生了一种结构上的对称,从而显明了性别上的不对称。

现在,我先不评价男人理解不了海达和女人自然而然能理解她这句论断的功过之处(我会在后面提到)。这里值得注意的是,这句随口而出的评论把我之前提到的认识的两面组合到一起了。它道出了一种启迪的感觉,一种由审美遭遇引发的自我清算的时刻(易卜生的戏剧向我言说,海达这个人物告诉我关于我生活的某些东西)。同时,它也促进了关于认可的道德、政治需求(易卜生的戏剧强调了更大范围的不公平,它涉及女性不平等、不被承认是完整的人的状况)。自我意识和个体顿悟的时刻既是一种社会诊断,又是一种道德评判;是将个人世界与公共世界相结合的艺术反应;对认识的渴望和对认可的渴求融合在了一起。

今天的人们可能不记得了,易卜生当年与妇女参政运动紧密相连,有很多证据可以表明他的作品具有变革力量。一个女演员曾说:"他笔下的女性正在世界上活动,向她们自己阐释何为女性,并帮助创造女性的未来。他为一个新世界创造了人。"[①]没有证据可以表明,在《海达·高布乐》中"嘿,你!"这句话被喊出时,也就是被文本强行拉住和询唤的时刻,读者被引诱着产生自满或满不在乎的情绪。易卜生的戏剧强调认识的失败,因为海达周围的人都想将他们所熟悉的女性图式强加到海达身上——这种图式包括容光焕发的新妇、怀着期盼的母亲、蛇蝎美人——对这些,她用尽全力反抗。至少有些女性观众在海达的困境中认识自己,对世界也有了不一样的看法。

易卜生戏剧的接受情况似乎与在现实主义的影响下人们对现状采取默许态度这样的论断格格不入,正如谴责现实主义之幼稚的理论家无法公平对待许多现实主义作家的审美自觉。这种自我意识在易卜生的案例中体现得尤为明显,他的作品一再表现出对语言的模糊性和顽抗性的关注。《海达·高布乐》一剧的大部分活动都是在暗中发生的:在语气、姿态与沉默的

---

① 引自 Susan Torrey Barstow, "'Hedda is All of Us': Late-Victorian Women at the Matinee," *Victorian Studies* 43, 3 (2001), p. 405.

共鸣中,在不被言说的话语的神秘表现力中。海达把自己的存在当作一场戏剧表演,这其中有明显的戏剧化风格,也有巧妙的操纵,从而隐藏了她潜在的动机与欲求。露·安德烈亚斯-莎乐美(Lou Andreas-Salomé)注意到:"她对自己有完全的控制,她具有完全硬化的表面,有骗人的外壳,有为了应对各种场合而准备的面具。"① 借用卡维尔的话,我们或许可以把《海达·高布乐》描述为一个关于不被理解的女人的悲剧,附加条件是,海达不想被男人理解,她想像一个男人一样去理解,去打破女性天真无知的枷锁。

同样难以理解的还有,现实主义居然会因为支持自主的自我这一虚构的幻想而饱受谴责,但实际上它总是把人物置于习惯与环境的毫不留情的控制中。比方说,易卜生总是将他的人物置于完全被环境控制的情境中。海达对其所处环境的疏离感,以及她对丈夫和朱莉姑妈的善意唠叨而产生尖锐的愤怒感的根源是她贵族的家教,这种家教使她在结婚之后感觉自己不断滑入中产阶级粗俗乏味的深渊。但易卜生也关注询唤的失败,关注意识形态与时间观的冲突,关注人们背离强加于他们的关于自我的规范的时刻或是寻求重塑自我的时刻。

---

① Lou Andreas-Salomé, *Ibsen's Women* (Reading Ridge, CT: Black Swan, 1985), p. 130.

但是,对于上文提到的只有女人才能理解海达而男人却无法理解的这句论断,我们该如何理解呢?这句话争议颇大,或者说应该受到指责,极易引起不同人群的批评。对坚称审美体验具有分裂性和陌生化特质的批评者来说,这句论断肯定让人难以接受。对他们而言,任何试图对认识展开的论述都应该被坚决抵制。对认为在伟大的艺术作品面前人人平等的传统人文主义批评者来说,这句话同样让人难以接受,因为它把读者对易卜生作品的反应完全简化为性别问题了。当代女性主义者也有可能对这种性别本质主义观点表示反对,因为它忽略了女性身份是被种族、阶级和其他因素构建起来的事实。因此,一句随口而出的评论把我们引向了关于阐释现象学的问题的荆棘丛中。当一个人在一本小说、一出戏、一部电影中认识自己的时候,他究竟认识到了什么样的性质、特性或现象?

首先,我们需要坦陈,我们会无法自制地将我们所读之物(至少部分如此)与我们所知之事联系起来。今日学界常挂在嘴边的他者性坚称我们可以把自己从根深蒂固的指涉框架中解救出来,其结果只不过是强调了这种框架的顽固性。萨拉·艾哈迈德(Sara Ahmed)在质疑陌生性和与纯粹的他者相遇的本体论可能性时,曾清楚地解释过这一点。她认为,"陌生人"永远是既成的符号,是区别的标志,是一个承载了不同含义的词语,存在于特定的文化和政治历史中,而这种历史决定了哪些人比其他人更异质、更不同。艾哈迈德指出:"陌生人不是我们无法认识的人,而是我们已经认为是'陌生'的人。"①这一点对文学文本中对他者的见证来说同样有效;尽管评论者们会称赞作品激进的独特性,但其实他们不过是附和了这种根深蒂固的观念——文学难以言传,也难以翻译,这种观念经由克林斯·布鲁克斯追溯到浪漫主义批评。批评者在辨识文学他者性时,用的是老一套的批评手段和分类方法。

当然这并不是否认艺术可以成为惊喜与惊奇的源泉。这只是重新强调一个基本观点:他者性和同一性在审美反应中是相互结合的,而非二者仅能取其一。如利科所言,创新性与熟悉性紧密相连。我们认为某现象不同、新奇或奇怪,是建立在我们对已知的理解之上的。这样看来,回荡在当代理论中的"相同的东西不好,不同的东西才好"的口号带有一点情节剧式的特质。"情节剧式"这个词用在这里特别合适,历史上的情节剧喜欢按摩尼教的道德准则来编排世界。然而,哲学术语不会通过其难以擦除的纸面墨迹产生效力,并且同一性或相异性的伦理和政治后果也绝非能被预先决定的。

---

① Sarah Ahmed, *Strange Encounters: Embodied Others in Post-Coloniality* (London: Routledge, 2000), p. 3.

如果阅读过程中必然包含认识时刻的话,那我们面临的问题就不是如何避免这种时刻,而是这种时刻的表现形式是怎样的。一种可能的情况是,认识是在察觉到事物相似和相像之时生发的,也就是产生于我们遇到明显契合我们认知模式的事物时。比如,我读到希拉里·曼特尔(Hilary Mantel)的小说《爱的考验》(*An Experiment in Love*)是个偶然,但我被其中的熟悉感深深震惊。在曼特尔的小说中,一个天主教女孩在英国北部的一个小镇长大,后来获得奖学金进入一所精英文法学校学习。我在这段描述中发现了与我的经历紧密相连之处。我不在英国生活已有几十年了,故而这种认识的震惊感尤为强烈。曼特尔的书唤起了我尘封的回忆:彩色什锦糖果;学校免费的牛奶;《朱迪》(*Judy*)和《邦蒂》(*Bunty*)漫画杂志;老太太推着购物车;某几个英式短语("giving cheek");加工过的豌豆;妈妈们在手帕上吐口唾沫给孩子擦脸;英国上等学校的巴洛克制服(埃尔特克斯公司的上衣、体操服、春冬裙、学校的领带、西装外套、鞋套、室内穿的鞋、室外穿的鞋……)。

我称这种时刻为自我强化(self-intensification)。它通常是由日常生活中巧妙的微缩瞬间激起的:引起回忆的气味和声音,熟悉的日用品,日常工作,聊天或打发时间的方式,某个时代中来自宗教仪式、流行笑话或电视节目的流行语等。尽管我们很清楚,我们读的是一部虚构作品,是被形式和体裁的内部压力控制的作品,我们还是会被日常生活的清晰展现而迷惑。我们在对他者的描述中认识自我,看到自己的认知和行为,在虚构作品中产生共鸣,从而明白我们的体验可能与他人的有所区别,但绝非独一无二。当代的一个词组"有一种身份"(having an identity)很大程度上要归因于这种主体间的认识瞬间,还有认知到彼此的共同性、共同经历过历史的瞬间。所以这样看来,虚构作品的写作和阅读为社会运动提供了动力,此论断就不显得十分令人惊异了。①

认识也有可能会以我所说的自我延伸(self-extension)的形式发生,即在遥远和陌生的事物中看到我自己的某方面。米什拉的小说《浪漫主义者》中的叙事者在反思《情感教育》与他产生的共鸣时,发现这种共鸣并非产生于直接的共同点,或文化与历史语境的共同性。确实,1989年贝拿勒斯满是衰败的建筑、河边浴池、朝圣人群和纷乱的色彩,乍看上去,它与福楼拜笔下19世纪的法国首都巴黎是两个世界。米什拉有显微外科手术大夫般的耐心,准确描述了数不清的误解行为、傲慢态度和拙劣的友好姿态,这一切都阻碍了两种文化相遇。加利福

---

① 参见 Maria Pia Lara, *Moral Textures: Feminist Narratives in the Public Sphere* (Berkeley: University of California Press, 1999)。

尼亚的学生和法国资产阶级的后代试图在印度寻找启蒙,他们相信能在这儿找到甘地式的天堂,这儿住着生活平静、以纺织为生、倡导和平的村民。对邦德街和罗迪欧大道惊奇不已的印度人相信西方人的生活都是幸福的、充满魅力的,却很少意识到,"就算是在最上层的阶级中,也存在欲望和满足的不平衡"[①]。

但是米什拉没有把自己局限于记录两个世界的分裂,或哀叹不同文化的冲突与碰撞。尽管他向《情感教育》致敬,将其作为自己的成长小说的原型,但是他借用福楼拜的小说的目的是将其作为主题,从而探索相似与不同之间的复杂交叉。叙事者感到疑惑,一个20世纪80年代的印度本土大学生,与弗雷德里克·莫罗以及他这一代有什么共同点呢?乍看上去,其中的文化、历史与经济差异极大。但是他慢慢意识到,"福楼拜在《情感教育》中写到的希望与理想破灭的不引人注目的小悲剧就发生在我们身边。"[②]叙事者茫然的渴望和不满足之感,与福楼拜的主人公一样;更进一步讲,现代印度也产生了无数个人抛弃本土出身去寻求成功的故事,这些人最后不过见证了"自

---

① Mishra, *The Romantics*, p. 118.
② Mishra, *The Romantics*, p. 250.

己的理想抱负在经年累月的失望中消磨殆尽"。① 米什拉的小说揭示出：强调国家间的不同,把其他文化视作神秘又无法被理解的他者,因而小心翼翼地避开这些文化,是一种危险且自视过高的做法,它使我们无法看到不同的历史与文化的重叠之处。

史书美(Shu-mei Shih)最近发起了一次对世界文学领域中存有的她称之为"认识的技术"的强有力控诉,认为批评界对非西方作家的批评受到了欧洲中心主义规范的制约。她提到了一系列频繁出现的问题：以偏概全的概括和全能的定义;把文学作品简化为国族寓言;兜售多文化身份却只字不提经济结构或全球不平等。史书美认为,这些问题都是从认识的因牢中钻出来的。她认为认识是对已知事物的重复,无论是关于普适性的错误假设,还是东方主义关于差异的空想,皆是如此。她列举的对后殖民研究的误解和误读虽令人信服,却也在驳斥认识的时刻犯下的错误,即过分简化认识的多面性和复杂性。其文章的主线索是要求西方批评者对自己的实践活动持批评态度(呼吁自我认知),并且她详细说明了非西方文学作品如何被轻视和草率对待(呼吁认可),因而这条线索还是被牢牢地困囿在

---

① Mishra, *The Romantics*, p. 250.

认识的前提和规程中。①

米什拉对《情感教育》的借用强调了认识的时刻并非像严厉的批评家说的那样,仅会发生在对乏味地忠实再现现实的现实主义着迷的读者中间。福楼拜通常被认为是现代主义作家的先锋,在其尖刻的凝视下,语言被分解成杂乱无章的陈词滥调的混合物,成了一些已被大众接受了的观点的集合体,没有任何再现的力量。他的作品无情地记录下错误认识的各种病态表现,折磨着试图在集体性的虚构和伪造身份中探寻自我人格的人们。《情感教育》的结尾是对自我认知陷入停顿的见证:主人公希望现实中的失败和浪漫幻想中的增益能为他带来思想上的收获,而这种希望却最终破灭了。但这种反讽使得福楼拜的作品获得了一种诊断式的力量,使其成为对自我阐释失败的尖刻记录。正是在这个意义上,读者的自我认识成了自我批判,而非自我慰藉;米什拉的叙述者在一个充满不同层次的反讽的片段中,从弗雷德里克·莫罗身上认识到他们有共同的倾向:将虚构人物用作自我定向的标杆。在这里,认可指向的不再是共同的身份感,而是建立在阐释的错误和失误的平行历史

---

① Shu-mei Shih, "Global Literature and the Technologies of Recognition," *PMLA*, 119, 1 (2004), pp. 16 - 30.

上的对消极共性的理解。现代主义生产出对身份形成机制的强烈自我意识,从而使认知现象学复杂化了,而非否定它。

一个读者曾提到,他在读到《到灯塔去》对拉姆齐太太的楔形黑暗内核的详细描写时,曾受过认识的一击。这种暂时的共同性是建立在不被他者理解的基础之上的(即,一部分自我永远不可能被他人接触到,永远不可能在餐桌上或向家人坦露),但这是一种去掉具体内容的认识。任何假定读者的"黑暗的心"与拉姆齐太太的心具有实质相似之处的说法,都是对坚决捍卫这部作品中的拉姆齐太太的独特性的否定。用泰伦斯·凯夫(Terence Cave)的话来说,认识被表现得不完善或不完整,但绝非不在场。① 尽管现代主义作品中的人物不像维多利亚时代作品中的人物那样容易实现自我理解,但对被迫理解个体性的不稳定和难以认识的特性的读者来说,认识并没有被否定,而是被转变了。的确,如果没有这种机制的话,那我们就讲不清楚为什么现代主义作品还会与读者产生共鸣:正如阿多诺所言,正是卡夫卡作品的奇异特质使其让人产生如此异乎寻常的熟悉感。尽管这些作品使我们惯常的阐释策略不再奏效,并且抵消了传统的阐释学效力,但它们还是唤起了我们熟悉的迷

---

① Terence Cave, *Recognition* (Oxford: Oxford University Press, 1988), p. 233.

惑、沮丧和焦虑感。

这些不同的认识模式建立在人们对直接的相似性或隐喻的类似性的感知之上,激起了不少文学和政治上的争辩,也成了相互对抗的不同学术阵营的图腾。有一些批评者讲到,阅读体验必然与我们反思我们是谁的欲求关联在一起;这些欲求反过来又与不同的历史、具体化的体验以及政治现实紧密相关。用斯蒂芬·怀特(Stephen White)的话来说,我们的自我是有黏性的;自我不是没有摩擦力的、无实体的和超脱的,而是卷入了具体的时间与地点、文化与历史、身体与经历。[①] 这些把人与人区别开来的要素极其重要;它们在文学以及生活中都应该得到认可。

其他批评者反对这种根据读者对自己社会身份的认知把他们划分为不同群体的仓促做法,他们认为想象性的艺术作品的价值在于其扩展或延伸我们认知的能力。我们进入其他世界后,开始熟悉曾经不熟悉的事物,被引导着从不同的角度看待事物,从与我们远隔千里的生活中看我们自己。饱受责难的普适性这一概念,只不过是认可了文学作品可以与来自不同背景的读者产生共鸣。《安提戈涅》(Antigone)吸引了男异性恋

---

① Stephen White, *Sustaining Affirmation: The Strengths of Weak Ontology in Political Theory* (Princeton, NJ: Princeton University Press, 2000), p. 5.

者,也吸引了女同性恋者,其中有的人来自挪威,有的人来自南非;而钦佩詹姆斯·乔伊斯的人也不都是爱尔兰人。这些评论者总结道,这种延伸自我的体验战胜了一种偏狭的美学观,即女性只能在女性作者的或关于女性的作品中认识自我;这种美学观认为男同性恋者只能读奥斯卡·王尔德、詹姆斯·鲍德温或者爱德蒙·怀特。

作为回应,我想说,轻视艺术作品中的政治联系的批评者其实是在其所珍视的想象力面前遭受了挫败。如果我们的存在是以认识为轴心的,那么我们的审美体验就无法与想去认知和想被认可的欲求脱离开来。我们以不同的方式寻求人们对自己的特殊性的认可,寻求身边人与自己的共鸣。认识结构的明显不对称和不平衡,保证了书会成为被剥夺其他公共认可形式的人的救生索。例如,直到最近,这种剥夺都出现在性取向为女人的女人身上;一种蚀刻进身体的渴望却只能以不在场的形式存在;这种渴望是家里和工作场合的禁忌,在媒体中被掩盖,在公共生活中无法寻见,只能在偷偷摸摸的悄悄话和荤段子中才能得到认可。特里·卡塞尔(Terry Castle)曾反思《寂寞之井》的相似效果,并讨论过它触及"我们最深处的爱欲、亲密、性身份等体验,以及我们将自己的肉体与他人的肉体建立联系的体验"的能力。① 仅将这种认识看作政治的而非文学的是不公平的。霍尔的小说是以叙事作品而非社会学论文与读者产生共鸣的;因为它通过描述使同性之爱具体化了;因为它用传统的悲剧主题赋予了主人公一种严肃感。它对存在和政治的影响与其作为一部虚构作品的事实是不可分割的。

但本书也引来了一些激烈的驳斥。希瑟·洛夫(Heather Love)曾注意到:"《寂寞之井》现在还被认为是最著名的、被读得最多的女同性恋小说,但它也是同性恋者最痛恨的小说。"② 霍尔对同性关系的悲剧看法与后来的同性身份观念产生了冲突,引来了一批读者否认自己与斯蒂芬·戈登具有相似之处。先不论这种否认是否正确——洛夫认为不是——这一接受史强调了认识的时刻的不确定性与偶然性。亚历山大·加西亚·杜特曼(Alexander García Düttman)提到的"作为X(女人/女同性恋者/有色人种)的认识"的危险现在已经完全显露出来了。③ 被这种方式描述有非常大的局限性,因为一个人的

---

① Terry Castle, "Afterword," in Laura Doan and Jay Prosser, eds., *Palatable Poison: Critical Perspectives on "The Well of Loneliness"* (New York: Columbia University Press, 2003), p. 400.
② Heather Love, *Feeling Backwards: Loss and the Politics of Queer History* (Cambridge, MA: Harvard University Press, 2007), p. 100.
③ Alexander García Düttman, *Between Cultures: Tensions in the Struggle for Recognition* (London: Verso, 2000).

人格会由此被定义、被抽空和被简化。对定义自我的痴迷会导致人们相信身份是被不可变的剧本控制的,会引发一种压抑的确定感,从而没为不明确、不认同或不同意留下任何空间。在理解阅读过程中发生了什么上,这种论断似乎极不适用,尤其是考虑到大多数人与特殊群体的不同认识模式之间的关系是不固定且不可预知的。将读者和小说人物的身份对等起来,假定认识需要直接的相似性,这种看法实质上否定了文学再现的隐喻和自反性维度。

下面让我最后一次回到《海达·高布乐》。在它第一次被搬上舞台时,易卜生这部戏的影响力在于它揭开了家庭和谐的面具以及揭示了男女之间产生分歧时的冷酷无情。它是第一个以女主人公的困境为中心,聚焦女性对妻子和母亲身份感到厌恶的戏剧,打开了令人不安的新思路。女人的本性到底是什么?所有的女人都有同样的本性吗?男人否定女人的平等权利有什么样的依据?这些问题的对抗特性不应小觑。在女性平权运动被认为是精神错乱的偏激做法的时代,易卜生的戏剧把女性解放问题带到中产阶级中。他的戏剧并非平等地对待每个人,而是在观众中造成了令人不快的政见分裂。这一历史案例表明女人和男人常在对《海达·高布乐》价值的看法上有分歧,还表明易卜生的戏剧使一些女人对自己身为女人的状态有了更好的，或者说不同的认识。

但在当下，易卜生戏剧的意义不再局限于性别分歧。大量的导演和批评者的作品终结了男性天生不能理解海达的论断。而对女性而言，海达象征的东西也发生了变化。过去三十年中出现了无数关于女性陷入无爱婚姻的故事：对于现在的人来说，易卜生揭露的家庭内部的不满已不再具有启示性，具有启示性的是他对女主人公的大胆设计。在我成年后的时代，人们常把女性主义与女性和男性有本质不同的观点联系起来。人们常用女性哺乳来阐发这一点，从而论证一种关怀伦理以及女性的道德优越感。易卜生则带给我们与上述强调女性特质相反的观点，塑造了一个傲慢、无情、公然以自我为中心的主人公，抛却了所有与女性有关的特质。现在看来，易卜生的非凡之处在于他将道德从政治中剥离开来，并认为女性是否讨人喜爱或善恶与否，跟她们要求自由的正当性无任何关系。易卜生没有把女主人公塑造成女性主义的同义词，而是带有先见之明地评述了在女性主义中理想化女性和限制女性意味着什么。《海达·高布乐》引发的认识活动，并非证实性别分歧确实存在，而是进一步拆开并拆解了性别之间本就破裂的边界。

因此，文学文本为分析认识的复杂性提供了极其丰饶的场域。文学文本通过对个别事物的关注，拥有了这种能力——它能帮助人们更好地了解特殊的生活世界的复杂与独特，以及自我的黏性。但是文学文本也激起了有选择的亲和力（elective affinities）和想象性的联系纽带，从而弥补了差异，超越了人口学式描述的写实性。同时，通过展现个人无法被自我或他人认识，这种文本也强调了认知的局限。换句话说，文学并不会简单地批驳或打断认识，而是为其作为一种体验模式和分析概念的复杂之处举出了数不清的例证。正如我举的例子所显示的，认识并不要求以永恒不变的文学内容为中心。我们能在文学作品中发现自我，并不是像保守的批评者所想的那样因为文学是关于人类生存状况的永恒真理的贮藏地。相反，任何认识的火花都产生于文本与读者摇摆不定的信仰、希望、恐惧之间的互动，因此从文学作品中得来的想法会随着时间与地点的变化而变化。

这样看来，主体间性这一条件杜绝了将某种本质特性归属于某人或他人的程式化做法。如果说自我是以对话性和联系性的方式塑造起来的，则我们没有理由将一种一成不变的身份核心归属于某个群体中的个人或多人。成为某一种人意味着什么，将在生活态度与方式的大转变的压力下，随外部力量而变。我们不可能不经中介接触到自我。我们都是被要求着通过能接触到的文化资源来阐释自我。R.拉达克里希南（R. Radhakrishnan）

曾正确地认识到,因为认识与语言以及文化表征的结构纠缠在一起,所以真正、原始的存在是不可能实现的。① 然而,当下理论对主体性的扁平化处理,随意地把个人作为能指或文本效果的集合体的这些做法,导致了一种粗制滥造、令人不满意的自我模型的出现,这种模型无法解释自我意识的现象——即我们反思或修正我们是谁的能力——也无法解释为什么某种文学会与一些人产生共鸣,而与另一些人却不会。我们的行为和与他人互动的每一个层面都展现出了个人化倾向、深入的文化影响和自我阐释与调整的自反性实践的复杂互动,然而这种互动却没有很好地为四平八稳的社会建构论所认识。

在将认知与认可结合到一起后,我想在结论的部分将它们再分开,以强调文学认识与对公共肯定的渴求之间潜在的紧张关系与摩擦。当政治理论家讲到认识的政治观的时候,他们指的不仅仅是对某个人的存在的认可,还有对其价值的肯定。女性与少数族裔反对历史上的傲慢与边缘化行为,寻求对他们自己的独特性的肯定,并要求别人也肯定他们。在这个意义上,被认识不仅仅指被注意到自己的不同(他们的不同一直都能被人注意到),而是让人们珍视其不同之处。比方说,史蒂文·洛

---

① R. Radhakrishnan, "The Use and Abuse of Multiculturalism," in *Theory in an Uneven World* (Oxford: Blackwell, 2003).

克菲勒(Steven Rockfeler)曾称:"对不同文化的价值进行认识,体现的是人类长久以来对被无条件接受的普遍需求。"苏珊娜·犹哈兹的论述中精神分析的意味更明显,她认为女性在书中寻得的认同感类似于母爱的养育与共情。此论述和其他相似的论述强调的是赋予某一特殊个人或特殊群体的积极价值。

认为认识是无条件的肯定,与认为认识是清醒的自我审查的观点相抵触,尤其考虑到后者常令人不安,甚至是不快,它要求人们历数自己不太好的动机与欲望。在这里,文学研究为认识的政治辩论提供了进一步调整和加强的可能。过去,文学与文化批评者曾为被剥夺平等权利的群体的积极形象有过零星的发声,但是这些努力没什么效果,很快就消失了。很大一部分原因是他们的论述太接近审美理想主义了,即一种认为艺术应该通过对品德高尚、毫无瑕疵的人的描绘使其受众获得升华的前现代教条。但是到了现代,我们常常因为其他原因被文学文本吸引,而原因之一是文学文本列举了我们奸诈狡猾的行为和破坏毁灭的欲望。描述积极的形象反抗了历史上对少数群体进行的恶毒、淫邪的再现,这种做法是可以理解的;但它也施行了自己的符号性暴力,即抹杀了个人的复杂性与多面性,并审查删节了反抗的冲动以及不被他人承认的渴望。

拉康描绘的儿童直勾勾地盯着镜子里理想化的自我形象

的画面不足以成为表现文学如何再现自我的图式。阅读的体验更像是看到一个无吸引力的、闷闷不乐的中年人进入一家餐厅，然后猛然发觉你其实看到的是吧台后面镜子里的形象，而这个毫无吸引力的人就是你自己。镜子不总是把人往好里照；镜子也会打消我们的警惕，使我们突然停住，然后以意想不到的方式，从不熟悉的角度反射出我们的形象。比方说，很多我们称为悲剧的作品会无情地揭示出主体性的执拗，以及意图与结果之间灾难性的差距，还有人们错误认识自己与他人的方式。我们珍视文学作品正是因为它们强迫我们——通常以难以原谅的方式强迫我们——正视我们的失败之处与盲点，而非保护我们的自尊心。

文学文本为我们带来看的新方式、高度自我理解的时刻以及普鲁斯特所说的读自己的其他方式。认知可以指认知新的东西；认识也不一定与重复、自满和熟悉的事物是同义词。此类获得真知的时刻不仅发生在读者在与文本交互的私密仪式上获得个人启示之时；也发生在自我与他人的认可和联结之中。尽管关于认同的话语已经引发了许多关于身份价值的无意义纷争，但是认识并不以同样的方式依赖于自我身份的完整性。因为它存在于对话性的关系中，而不是人格的核心之中。我们在文本或人身上能认识到什么，这个问题，答案有很多。

我要反驳帕琴·马克尔(Patchen Markell)的论断,即认识的理论家假定这个世界是彼此透明的,不存在异化疏远,在此世界之中,身份是一个既成事实。① 这在我看来是对南希·弗雷泽、阿克塞尔·霍耐特或查尔斯·泰勒等人作品的不准确,甚至不公平的总结。上述所有人都认为认识比这种论断所认为的更加模糊,更具争议性,也更具开放性。

在一篇著名的文章中,福柯对试图寻找历史中的连续性与相同点的做法提出了警示,对"安慰性的认识行为"②不屑一顾。对于这种出现了太多次的批判,我的观点是,认识的现象学将熟悉的和陌生的、新的和老的、自我的和非自我的事物结合在一起。它会帮助确证和强化一种特殊感,但也会打破和搞乱关于身份的成规。认识与认知有关,但也关乎认知和可知的局限,关乎自我认知如何受他者的调节,以及他者的认知如何受自我的调节。正是由于这种基本的双重性,即它在认知和认可之间、认识论和伦理观之间,以及主体和社会之间的摇摆,认识的现象学值得文学和文化研究的更多关注。

"是什么确保了认知主体的认知'范畴'(categories)的安

---

① Patchen Markell, *Bound by Recognition* (Princeton, NJ: Princeton University Press, 2003), p. 3.
② Michel Foucault, "Nietzsche, Genealogy, History," in *Language, Counter-Memory, Practice* (Ithaca, NY: Cornell University Press, 1977), p. 153.

全性和可靠性?"克里斯托弗·普伦德加斯特(Christopher Prendergast)曾在一篇对认识这一概念持有保留的赞同态度的文章中这样问道。但很显然这不是一个恰当的问题,它所要求的是一种不可能的担保,这又把我们推向了怀疑论的深水当中。任何对自我认知的追求都伴随着困难和失败的阴影,也与通常会发生的认识上的错误、无知、困惑等风险脱不开关系。[①]我们从阅读中获得的领悟是具有危险性的,同时也是宝贵的、易犯错的和不完美的,是被无知的阴影笼罩的启蒙的瞬间。从前顿悟的时刻有可能会继续改变我们、与我们产生共鸣,但也有可能会变得不像我们曾以为的那样重要。《浪漫主义者》的叙述者发现,在他逐渐发觉自己与弗雷德里克·莫罗有着纠缠的密切关系之时,他的自我理解也在不断地丰富和深化。相反,托马斯·博登布鲁克斯很快忘却了他从叔本华的书中领悟到的东西,并在不久之后很不体面地死去,尽管小说对叔本华所言是否是真理没有留下任何评判。认识是没有任何担保的;它发生于混乱和世俗的人类活动的世界中,而非神的启示中。但在它的多种伪装下(其中包括对认识的局限性的可悲认识),它仍然是理解文本和世界的不可或缺的方法。

[①] Christopher Prendergast, *The Order of Mimesis* (Cambridge: Cambridge University Press, 1986), p. 22. 关于自我认知的不可靠性和必然性,参见 Richard Moran, *Authority and Estrangement: An Essay on Self-Knowledge* (Princeton, NJ: Princeton University Press, 2001).

二　　着魔

美国批评家、酷儿理论家约瑟夫·布恩（Joseph Boone）以一段激情充沛的对文本细读的辩护开启了他关于现代主义和性存在的著作。其写作之时正处于文化研究的上升期，故布恩感觉他有必要为自己的热望辩护：这是徜徉于字词的韵味和节奏中的热望，是参与并拼凑小说情节的热望，是拉长错综复杂的文本分析之网的热望。他寻求伊芙·塞吉维克的支持，主张文本细读绝非枯燥无味的句子解剖活动，而是热切地参与他所谓艺术作品的神圣力量之中。他提到"在令人愉悦的长篇小说的主线与副线的迷宫中穿行，这些小说的诱惑力、神秘之处和最终的回报激励人们自愿地暂停怀疑，在迷幻中向他者性投降"[①]。对布恩而言，文本细读关乎陶醉，而非超脱；关乎欣喜若狂，而非不偏不倚。最重要的是，文本细读是学会投降，学会交出自己。这种屈服既不卑微也不屈辱，而是充满了狂喜与情

---

① Joseph Boone, *Libidinal Currents: Sexuality and the Shaping of Modernism* (Chicago: University of Chicago Press, 1998), p. 20.

欲。他写道,在阅读中,我们体验到的状态是一种"完全的无力,释放强烈的人类欲望——去解放,去向一个'他者'投降"①。

米亚·法罗(Mia Farrow)在《开罗紫玫瑰》(*The Purple Rose of Cairo*)的开场和结束场景中全神贯注地盯着电影银幕,她吃惊的面孔占据了整个画面。在电影中,法罗扮演的是一个在大萧条时期陷入贫穷和不幸婚姻的年轻女子。电影院是她的慰藉和避难所,让她能够短暂逃离平凡世界的苦恼和苦难。她最喜爱的黑白电影《开罗紫玫瑰》中充斥着迷人的冒险情节,有喝不完的干马天尼酒,还有科帕卡巴纳海滩上的晚宴,这些与她昏暗无聊的工作、婚姻形成了鲜明的视觉对比。法罗扮演的角色迷失了自己,我们通常认为她迷失的方式是逃避现实,是欠考虑的。但是银幕上她快乐的神情、她焕发光彩的面容又说明她沉浸在幸福的状态中,不容我们轻视。当潇洒的探险家汤姆·巴克斯特(Tom Baxter)从银幕走向她时,她并没有感到特别困惑,因为电影中的世界对她来说早就远比现实世界生动了。

布恩唤起的对风格与叙事细节的关注常被视为文学批评的显著特征,人们大谈特谈"视文学为文学"的价值时会提到这

---

① Boone, *Libidinal Currents*, p. 1.

一点。文本细读被很多文学学者心照不宣地视作他们这个领域的标志——把他们与其他想法相似的社会或历史学同事区分开的标志。它常见于发表了的批评作品中,是文学课堂上运用的主流方法,经受住了无数理论的猛烈攻击,并且会在关于感情与情感、德勒兹与残疾研究等主题的学术新作中突然出现。学术界中的潮流如流水般来来去去,但对语言和形式的细微差别的敏感关注却从未改变。对大多数文学学者和讲授文学的教师来说,这是他们领域体现能力的不可缺少的标志之一。用理查德·罗蒂(Richard Rorty)的话说,它就是我们在这儿干的事儿。

相比之下,被电影迷住这件事与大众文化世界更朴素、更口语化的审美反应形式有关。流行艺术常被斥为迷惑(disorienting)和蛊惑(bewitching)受众,这两个词让人想起古代的魔法。在长久以来的现代性世界中,小说最常被斥为向读者施加魔法:它就像危险的毒品,诱惑人们远离日常生活,寻求更强烈的感官刺激和愉悦感。读者们被语言的力量迷惑,无法区分什么是现实,什么是想象;他们失去理智,做出像疯子一样的行为。在《堂吉诃德》之后,有一批小说急于对这种控制心灵的虚构作品的危害做出诊断,同时宣扬自己可以对其进行治疗。尤其是现代主义,它宣称自己是驱魔的艺术,对文学的伪造性和它骗人的能力提出了极多批评。同时,电影很快取代小说,成为受谴责最多的引诱观众对非现实世界着迷的媒介。

人们常认为,女人尤其容易受这种暗中操纵人心的艺术所害。女人易受影响,也易受暗示,对自己的情感缺乏智力上的距离和控制,容易被使人迷醉的幻象影响。审美上的着魔不可阻挡地会导致本体论上的迷惑,会导致人们无法分清事实与幻想、现实与愿望。通过描写艾玛·包法利听歌剧和她对《拉美莫尔的露琪亚》的反应,福楼拜给我们提供了一个着了迷的女性的案例。艾玛陷入了混乱的情绪中,在歌剧女主角痛苦的哀悼中看到自己命运的重复与放大。所有审美距离的伪装都在这一时刻被卸下了,她与多尼采蒂歌剧的相遇引发了狂喜式的触动和投降,引发了一种近乎情欲的放纵。在艾玛陷入混乱的情绪之中并将男演员错认为他扮演的角色时,审美着魔引发的情色暗流也流露出来。"一个疯狂的想法使她着了魔:他现在正看着她!她想要投向他的怀抱,告诉他,向他喊出来:'把我带走吧!带我走!我们走吧!我的梦境、我的热望里全都是你!'"[①]

本章开篇提到的审美反应的两个小插曲——文学批评家分析詹姆斯·乔伊斯和弗吉尼亚·伍尔芙,以及工薪阶层妇女

[①] Gustave Flaubert, *Madame Bovary* (New York: W. W. Norton, 1965), p. 163.

被好莱坞电影迷住——乍看上去没什么关联。第一种关注的形式是微观的,即对美学细节进行极其细致的关注;另一种是宏观的,涉及被卷入另一个世界的包裹感。前一种涉及的是一种文本细读规则控制之下的文学教育;后一种体现的是大众娱乐的诱惑力。从某种角度讲——比如说从皮埃尔·布尔迪厄(Pierre Bourdieu)的角度——上述两种现象是审美体验阶级分层的证据。但是它们有共同之处:都与着魔的体验、与被文本完全吸引住的体验、与强烈而又神秘的愉悦体验有着密切联系。被小说或电影包裹的体验——无论这小说或电影是阳春白雪,还是下里巴人——彻底打乱了我们曾经坚信的人的理性与自主性。

"着魔"一词在文学理论中几乎没有流行过,这个词让人想起的是老派的教授被浪漫主义诗歌的魅力迷得神魂颠倒。现代批评者引以为豪的是驱魔的能力,是对任何想象性的对象进行激光般犀利的批评的能力。用利奥塔的话说,"去神秘化是一项没有止境的工作"[1]。但这种消除审美体验中的神秘和非理性特质的欲望只不过使其神秘性和非理性转移到明面之下。尽管批评者们不再谈论着魔的体验,但这不代表他们没有着魔

---

[1] 引自 Suzi Gablik, *The Reenchantment of Art* (London: Thames and Hudson, 1991), p. 26。

过。所以在下文中,我想为审美入迷(aesthetic absorption)寻找更稳固的依据。审美入迷在文学和电影作品中常被提到,但很少在理论中得到长久和积极的重视。

着魔的特质是一种强烈的参与感,是一种完全陷入审美客体、对其他任何事漠不关心的状态。斯蒂芬·格林布拉特(Stephen Greenblatt)曾写道:"看也可以使人着魔:当关注(attention)这一行为在其自身周围形成了一个圈,把除被看客体之外的其他东西都排除在外之时。"[1]当你被一部小说、一部电影或一幅画包裹起来的时候,你会感觉自己被封闭在全神贯注所形成的泡泡中,这与日常认知的漫不经心完全不一样。这种浸没感是自我包裹和自我维持的,有其明显的界限;回到现实世界是让人很不情愿的,甚至是很烦人的。当片尾的摄制人员名单出现、影院的灯光亮起,当你不情愿地合上书、抬头看周围的现实世界时,你会有一种别扭的重新适应的感觉,一种类似于机器齿轮重新调整的震颤感,会感到一瞬间的难过和遗憾。

着魔是被不同寻常的强烈感知和情感浸透的;它常被拿来

---

[1] Stephen Greenblatt, "Resonance and Wonder," in Ivan Karp and Steven D. Lavine, eds., *The Poetics and Politics of Museum Display* (Washington, DC: Smithsonian Institute Press, 1991), p. 49.

与醉酒、麻醉或做梦类比。着魔过后,世界上的颜色看上去更亮了,感知力更强了;在迷幻的敏锐中,细节看上去也更明显了。它产生的效果是令人无可比拟地兴奋,因为人们会有强烈的愉悦感,还有强烈的紧张感,感觉正在失去自我控制与自主性。你头脑中的分析性部分退到了后台;你内在的审查与批判力荡然无存。你不再用清醒和客观的眼光审视文本,而是被难以抑制地拉入它的轨道。自我和文本之间的清晰界限消失了,留下的是混沌原始的混合物。着魔具有震惊体验的某些本质特性,却没有后者让人焦躁和引发冲突的特点;它使人在狂喜中忘我,而非粉碎自我。你把你的周围事物、你的过去、你的日常生活都抛诸脑后;你只存在于当下和崇高的文本中。

岌岌可危的不仅是你的自主性,还有你的能动性。你无法掌控你的反应;你会不由自主地一页页翻书,你的双眼会紧盯着屏幕,像是在梦游。人们对着魔的描述常常会特别强调移动能力的丧失,即一种被钉住、被镇住、无法移动的感觉,而此时你的思想已游移到别处。时间慢了下来,直到静止:你感觉自己被困在了永恒不变的当下。你不会感觉到你是文本的主人,你完全听任它摆布。你被它吸收进去、被卷入其中、被诱拐走,被包裹在极乐之中。你会被催眠、被迷住、被附身。你努力重拾自己,但最终无奈放弃,停止了反抗,无言地投降。

审美着魔体验受到政治批评者的负面评价,这很令人吃惊吗?大家都知道,布莱希特曾冲冠一怒,为之奠定基调:

> 我们不能如我们所看到的那样理解剧场。让我们走进一间剧场,观察它给观众带来什么样的影响。环顾四周,我们看到的是一个个在特殊场景中一动不动的人物:他们看上去好像是在努力地紧绷着身上的每一块肌肉,只有在累了的时候才会放松。他们不怎么与彼此交流;他们彼此间的关系就像是一群睡着了的人之间的关系……的确,他们睁着眼,但他们是瞪着眼而不是在看,就好像他们在听却没听进去。他们着迷般看着台上,就好像回到中世纪——女巫与神父的时代一样。①

如布莱希特所见,剧院中的观众似乎是走错了时代,像是迷信、蒙昧时代不幸的遗留物。他们迷茫,恍若梦中,让我们想起了早已逝去的恶魔附体与魔法仪式盛行的时代。这种反应在科学时代极其反常,在这个时代,人们引以为豪的是怀疑态度和

---

① Bertolt Brecht, *A Short Organum for the Theatre*, in John Willett, ed., *Brecht on Theatre: The Development of an Aesthetic* (New York: Hill and Wang, 1964), p. 187.

理性质询。理性不会将愉悦感排除在外,但如布莱希特所言,它带来的是另一种愉悦感,夹杂着反省与评判。史诗剧场(epic theatre)培养的是观众的批判力,让他们身靠椅背与舞台保持距离,去评价舞台上发生的一切,而不是让他们听任魔咒的摆布。

像布莱希特一样,许多文学学者以其去神秘化的本领和警觉的姿态为豪。我们可以参考女性主义对视觉快感和男性凝视的批判,马克思主义对审美意识形态和商品拜物教的分析,后结构主义关于怀疑与审问的话语,以及新历史主义关于权力与遏制的论断。批评者们常试图退到幕后,揭露神像的泥塑本质,或将其打碎,证明美丽的形象背后是与其不符的政治现实。在这个意义上,着魔是批判的对立面和敌人。着魔意味着从此不再受批判思想的约束,意味着发了疯或失了智,意味着被所看之物蛊惑,而非对其进行清醒和冷静的审查。

着魔面临的困境还有很多。这个词暗示审美体验有其难以捉摸的一面,尤其具有不可言喻、谜一般抗拒理性分析的特质。根据每个人看问题的不同视角,着魔可被认为是反智的、不成熟的,甚至是法西斯主义的原型。着魔所暗指的神秘主义与魔力接近世俗思想的危险边缘;关于着魔的观点与现代性的基本原则相冲突,它令人想起一个应该由人类学者和历史学者来审视的世界。批评者在提及着魔之时，一定会将其视作某现实世界问题的转移（displacement），或是某些问题的外在表现。例如，商品拜物教理论认为现代性中有魔力，但这种魔力是资本主义逻辑操控下的神秘化的一种形式。着魔是一种不好的魔力，批评的作用就是打破它的魔咒，为看上去不合理智的现象提供合乎理智的解释。

对现代批评的默认立场的最好的描述，就是它"向后退了"——它与艺术作品保持距离，从而可以将作品纳入解释框架中，无论是政治学、精神分析学还是哲学的框架。学界怀疑论的规范敦促我们将每一个现象都看作偶发、可变的环境的产物。（反过来，认为某事某物理所当然，将其看作自然而然或必然出现的，则是最不可饶恕的罪过。）从这个角度看，着魔体验令人警醒。如果我们完全陷入某文本，我们就无法把文本放进语境中，因为正是其语境决定着它的接受程度。用福柯的话说，我们如果入了迷，被文本钉住不能移动，就无法把文本放入框架、放入语境之中并对其进行评判。[①] 着魔这个概念暗示了某神秘之物从文本中出现，并潜意识地控制了读者或观众的反应。我们是被施法的对象，而不是施法者。

---

① Michael Fried, *Absorption and Theatricality: Painting and Beholder in the Age of Diderot* (Chicago: University of Chicago Press, 1980).

与其他地方一样,这里关于艺术的立论其实是建立在关于社会现实的潜在信念之上的,需要我们更仔细地审视一番。马克斯·韦伯关于祛魅的观点是一块必不可少的试金石。韦伯曾有过著名的论断,即科学进步将所有的神圣感和终极意义感从这个世界过滤出去。"没有任何一种神秘的、不可计算的力量在起作用……原则上,一个人可以通过计算掌握所有事情。这意味着这个世界被祛魅了。一个人不再需要像相信神秘力量之存在的原始人一样,求诸魔法手段或乞求神灵。现在,技术手段和计算就可以达到此目的。"[1]在现代社会,神秘的魔法仪式已经为计算机和计算器的统治让路了。但解决问题的技术手段虽然赋予我们设计更复杂的手机的能力,却无法赋予我们的生命或死亡以意义。既然神明已死,我们已然没了精神依靠,无法回答对我们来说最重要的问题:"我们该做什么?我们该怎样活着?"

　　韦伯的观点长时间来都是社会理论家的信条,但如今却受到了诸多方面的挑战。现代性真的是理性化(rationalization)的同义词吗?着魔真的从这个世界上消失了吗?在《现代生活的着

---

[1] Max Weber, "Science as a Vocation," in H. H. Gerth and C. Wright Mills, eds., *From Max Weber: Essays in Sociology* (New York: Oxford University Press, 1968), p. 139.

魔》(The Enchantment of Modern Life)一书中,简·班尼特(Jane Bennett)反驳了韦伯,对现代性提出了另一种认识,即它是充斥着神奇、惊异与情感依恋的。神圣使命的终结不代表着魔的终结。她用世俗而非宗教的术语来解释"着魔"一词,将其定义为在感官上欣喜地沉浸在奇异的某物中。班尼特在动物杂交和科学摄影中、在卡夫卡和GAP服饰的广告中都获得了惊奇的体验,她敦促我们培养和珍视着魔的体验,并与消极和批判性的思维断绝关系。肯定令人惊异的事物的价值,在潜在中是富有生机、给人活力甚至是符合伦理的,这鼓励人们保持开放、宽容的立场来看待世界。相反,关于祛魅的话语不断重复并不断补充它自身所描述的状态,使我们不断坠入令人沮丧和自我腐蚀的怀疑论的深渊。①

这种观点击中了现代性自我形象的核心,呼吁我们重新评估一段思想的历史。而正是这段历史定义了现代性,反对传统的保守迷信,并且把非理性行为视作返祖的遗留。这种观点要求我们睁开双眼,去发现现代性的魔力,去认可当下仍存在神奇之事这一事实。在这里,班尼特站在一群观点类似的思想者

---

① Jane Bennett, *The Enchantment of Modern Life: Attachments, Crossings, and Ethics* (Princeton, NJ: Princeton University Press, 2001).

中,他们质疑人们关于祛魅的观点:它无所不在,且不可逆转。特别是后殖民主义学者,他们对持理性反宗教、持世俗观反迷信的现代趋势发起了猛烈的批判。他们认为,现代性并没有与保守的信仰、落伍的情感依附彻底决裂,而是以多种形式——从纽约到新德里,遍及全球——保持了与魔法、与神秘思想的纠葛。[①]

但班尼特与韦伯之间的不同也不似她想象的那样大。仔细审视"科学作为天职"这句话,我们可以发现韦伯并不能直接与枯燥的计算、葛莱恩[②]式理性画上等号。他认为,驱动科学进步的是灵光一现的想法的魔力,而非单调乏味的计算。这些想法有其自身的神秘和深不可测的律动,只有在最始料不及的时刻才会降临,有时可能根本不会降临。对韦伯来说,科学在很多方面与艺术很像:两个领域的成功都要靠不可预料的创造力、启示和狂热的涌流。他故意对祛魅这个概念进行了祛魅,

---

[①] 参见 Saurabh Dube, "Introduction: Enchantments of Modernity," special issue on "Enduring Enchantments," *South Atlantic Quarterly*, 101, 4 (2002), pp. 729 - 755; Birgit Meyer and Peter Pels, eds., *Magic and Modernity: Interfaces of Revelation and Concealment* (Stanford, CA: Stanford University Press, 2003)。

[②] 葛莱恩(Gardgrind),狄更斯的小说《艰难时世》(*Hard Times*)中的人物。——译者注

他指出"信仰与科学之间只有一线之隔"①。尽管韦伯认为这个世界是理性化的,即它被剥离了超验的意义,但他远没到这个地步——认为我们与这个世界的接触是由逻辑的铁律控制的。现代性可能把超自然剔除了出去,但它也充斥着超理性。换句话说,虽然这个世界已不再着魔了,我们还是容易受到着魔体验的影响。

但文学理论闯了进来,试图完成韦伯未竟的事业,其背后的驱动力是害怕文学太过于接近想象、情感或其他看起来软弱、模糊的概念。结构主义有其符号学和类科学的术语系统,曾试图为审美体验去除任何像复义(ambiguity)、气质(idiosyncrasy)或惊奇(surprise)这样的遗留词汇。自我被降级为一个节点,交汇于这个节点的是诸多喧嚣无特色的文化符号,阐释后的结论也完全能预料到。尽管解构给阐释带回了一种偶然和不确定感,但它对形而上的存在和起源神话有着根深蒂固的怀疑——也就是罗蒂所称的"成熟"——因而它对魔力同样持怀疑态度。反对启蒙运动传统的解构主义者往往没有意识

---

① Max Weber, "Objectivity in Social Science and Policy," in Edward A. Shils and Henry A. Finch, eds., *Max Weber on the Methodology of the Social Sciences*, (Glencoe, IL: Free Press, 1949), p. 10. 关于这个观点的详细解释,可参见 Basit Bilal Koshul, *The Postmodern Significance of Max Weber's Legacy: Disenchanting Disenchantment* (New York: Palgrave, 2005)。

到，他们强烈的怀疑态度正是出自这一传统。或许与着魔最贴近的理论术语是享乐(jouissance)，这一源自20世纪80年代的词曾常出现在研究生讨论课上。尽管这个词常被认为是神秘的、难以解释的，但它并不包括边吃爆米花边专心看最近上映的《星球大战》的这种体验。它指的是一种禁忌的、高雅的、巴黎式的快乐，是一种越界式的因欣喜而颤抖的强烈兴奋感；激发起它的应该是萨德侯爵(Marquis de Sade)，而非女歌手萨德。

如果说着魔常与流行小说、电影联系在一起的话，我们或许会期待文化研究给我们带来新的见解。然而，文化研究批评者都坚决认为流行艺术的消费者并未着魔，反而认为他们是精明的阐释者、狡猾的谈判者，在相互竞争的意义与框架之间灵活游走。文化研究者的至高信条：流行消费者是有警觉和批判性的消费者。他们之所以这样描述流行消费者，是因为他们对大多数学者对广大受众的标准理解心怀不满：他们愚钝、玩世不恭，被鸦片般的饶舌音乐和真人秀节目牢牢控制。只有某一类剑桥教授或加利福尼亚大学的马克思主义者才会真正相信：没有高等学位的观众在面对电影与电视工业的空洞作品时缺乏反讽、怀疑态度或批判距离。然而，这种对受众的认知能动性的强调同时也将审美体验中使人困惑的因素排除在外，这些因素在我们谈论被卷入文本、感到狂喜和失去自我这些体验时会浮现出来。我想说,这些因素会消除高雅和低俗文化之间的区别,而非强化这种区别。

最近,J. 希利斯·米勒(J. Hillis Miller)开始尝试将文学描述为一种世俗的魔力。① 在他的新书中,米勒带着解构主义的主要典型观点重访童年景象,以反思他小时候被一本书迷住的经历。他原始的着魔体验后来继续影响着他作为一个读者的阅读活动。他长大成为一名批评者后才发现了这一点。米勒写道,一部文学作品就像一串咒语,会打开一个陌生的世界;这种咒语或魔法会带我们进入一个平行宇宙。他提到他如何对书着迷,被带入一种更像是做梦般奇异的幻觉意识中。

米勒的话特别像另一位非常不一样的读者,理查德·希利尔(Richard Hillyer)。后者是一个牧场主人的自学成才的儿子,他曾描述他年轻时对丁尼生和19世纪末其他作家的阅读感受:

> 这些带颜色的字词闪耀着光芒,把我迷住了。它们在我的脑海中勾勒出画面。文字变成了魔法、魔咒和咒语,

---

① J. Hillis Miller, *On Literature* (London: Routledge, 2002).

唤起了神灵……书中有一个我可以获得的没有边界的世界。这就好像我从海底浮上来，第一次看到这个世界一样。①

标准阅读教育和工人阶级教育，一直以来把精力都放在了展现其规训和管控的能力上，却忽略了我们接触书的方式也可以是一种个人体验，可以有不同的方式，可以进入一个充满奇异空想的和不曾想象到的闪闪发光的魔幻世界。

米勒同时也强调：文学与现代媒体之间的纽带是虚拟现实的替代形式。魔力与现代性并不冲突，而是存在于现代性的核心之中，其使人着魔的能力随着新技术的出现不断延伸和加强。用因"赛博朋克"小说《神经漫游者》(*Neuromancer*)而普及的一个词说，我们可以将文学视为一种存在了很长时间且尤其成功的"交感幻觉"(consensual hallucination)。米勒的《论文学》(*On Literature*)试图解释语言唤起的虚构世界为何如此生动，以及不存在的东西为何显得如此真实。为什么纸上的印刷字会唤起如此形象的人物、行为和地点的拟像？为什么读者在对这些影子与幽灵的回应中会获得如此强烈的感觉和情绪？

---

① Jonathan Rose, *The Intellectual Life of the British Working Classes* (New Haven, CT: Yale University Press, 2001), p. 127.

文学好似魔法,两者都能变无为有,凭空召唤鬼魂,召唤强烈而生动的幻觉形象,创造吞没读者的整个世界。

在这里,希利斯·米勒与其他批评者一起,试图建立一套词汇体系来更好地描述阅读的表情达意与引人入迷的特质。女性主义批评者不似那些超脱和不动感情的批评者,更愿意承认并阐明其与文学文本之间的密切牵连。例如,林恩·皮尔斯(Lynn Pearce)曾描述过一次情感动荡,一场在她个人阅读史上感受过的极大的混乱与迷惘,但在标准的理论用语中,她却找不到词来形容这种感觉。在一系列的自传式反思中,詹尼斯·拉德威(Janice Radway)用精心挑选的反讽和复义修辞对比了她曾接受的新批评训练和记忆中她饱含热情、发自本能的与虚构作品接触的经历。她提到一种叙事的催眠,一种身心共同参与的阅读行为,一种特殊的变体(transubstantiation)行为:"在那时,'我'变得与之前不一样,我也获得了之前没有的想法。"[1]

这样一次自我投降的经历通常与满足受众逃避现实的渴望的,或为受众提供自恋式的理想自我形象的文学体裁有关。

---

[1] Janice Radway, *A Feeling for Books: The Book-of-the-Month Club, Literary Taste, and Middle-Class Desire* (Chapel Hill: University of North Carolina Press, 1997), p. 13; Lynne Pearce, *Feminism and the Politics of Reading* (London: Arnold, 1997).

在《堂吉诃德》和《包法利夫人》中,正是对罗曼司世界的向往使得主人公欣喜不已并甘愿上当受骗,这是由看上去更冷静严谨的叙事框架决定的。在其多种伪装之下,罗曼司体裁满足的是对被无条件地爱和崇拜的渴望,它提供的是从平庸乏味、从日常妥协与让步的苦差中短暂逃离的瞬间。使读者入迷的还有其他各种各样的体裁和形式,从抒情诗歌到现实主义小说再到后现代主义虚构作品,不一而足。尽管批评者认为,入迷的体验与对小说主人公产生认同感的体验紧密相关,但究竟是什么催生了这种入迷体验却并非如此显而易见。

玛丽-劳莱·莱恩(Marie-Laure Ryan)曾对浸没感的现象学有过一次有意思的探讨,她认为语言本身在浸没感中慢慢消失了。读者深深陷入其所读的内容,以至于忽略了语言中介:读者对其扫过的文字不再有所察觉,而是感觉自己完全进入了一个想象的世界。[1] 尽管莱恩对审美入迷的一种类型把握得不错,但是她没有考虑被语言风格吸引的可能性,她只是假定所有对语言的关注都是通过大脑运作的,都是分析性的。这种观点忽略了读者可能会对词语的声音和外表投入情感,甚至产生

---

[1] Marie-Laure Ryan, *Narrative as Virtual Reality: Immersion and Interactivity in Literature and Electronic Media* (Baltimore: Johns Hopkins University Press, 2001), p. 98.

情欲。语言不是一道跨栏，必须在追逐愉悦感的过程中跨过去；相反，它正是追逐愉悦感的必经之路。我们可以想想看，当一个读者打开一本书，他会被语调的抑扬顿挫、被某种音调变化或词语格律、被用词或用句的组合所吸引。在反思同性恋如何会对某文本产生强烈依恋感时，伊芙·塞吉维克提到"一种发自内心地对我所关心的文本产生的近乎认同感的感觉，这种感觉是句子结构和音韵格律层面上的"[①]。波动强烈的吸引力在语调和韵律中、在讲话的方式中、在音色和音调中、在节奏的风格中被激发出来。

我们可以假定，易受这种波动影响的读者更容易被特殊的、前卫的，甚至是花哨的语言用法吸引。但是最容易引来细读和各种各样的评论的，却是那些被认为没什么个人风格的作者，是那些达到了无风格的风格之境界、无任何个人特质的作者。批评者在解说小说视角的细节和钻研无风格作品的技术方法时常对一个问题保持缄默，即为什么某些作者无我的超然——如福楼拜——却使他们如此着迷，让他们贡献自己的大部分人生去进行艰苦的，甚至着迷般的分析研究？

D.A.米勒(D. A. Miller)最近在思考奥斯汀与写作风格的

[①] Eve Kosofsky Sedgwick, "Queer and Now," *Tendencies* (Durham, NC: Duke University Press, 1993), p. 3.

时候曾触及过这些问题。他被简·奥斯汀塞壬般的诱惑深深吸引了,他把这种着魔体验归结为一种举世无双的表达的美,与个人无关。他认为,这种上帝般的超脱在英语现实主义小说中鲜有匹敌。英语现实主义小说中的叙事者总是那些和蔼的叔叔或操心的母亲。相比之下,我们在奥斯汀的小说中遇见的不是一种个人风格,而是风格本身,是一种崇高、无实体的叙事立场,无任何个人标记,它的特征通常是用与珠宝有关的词来形容的——水晶般透明、闪耀、炫目、闪烁、宝石一般——或与切割有关——锋利、尖利、锐利。米勒将作为一种叙事特征的奥斯汀风格和作为一种特征要素的风格本身相提并论;尽管女主人公伶俐的话语和聪明的头脑吸引男主人公注意的同时,把傻瓜、蠢人拒于千里之外,但这种风格会在女主人公直面她想结婚的欲望时消散。换句话说,奥斯汀风格的核心是一种与结婚义务纠缠的棘手关系;奥斯汀自己的叙事立场的锐利性和光鲜外表,对其女主人公深陷其中的结婚情节来说,是一种永远的阻碍。

米勒文章的开头提到了一个小男孩被发现在读简·奥斯汀时产生的原始羞耻感。对一个小男孩来说,奥斯汀风格的诱惑力——米勒称之为令人震颤地不近人情——或许会帮助读者暂时逃离一种被认为是不正常的、奇异的或错位的人格。米勒认为，被吸引的读者与奥斯汀本人类似，因为她正是用风格来掩饰她老而未嫁的耻辱，而这种状况在她的作品中从未被肯定过。对罗兰·巴特来说，风格是架空自己的方式，是从被损害的身份中逃亡的方式。但一个男孩若全身心投入奥斯汀的作品中，就会被认为与自己的性别规范相冲突——特别是在当代美国。尽管风格通过其对能指物的挑剔选择和塑造，转移了人们对自我的关注，但这还是同时沾上了擦不掉的缺乏男性气概的污痕。米勒评论道，对于一种警惕"任何严肃风格体验的极端、排他、架空、使人狂喜的特性"的文化来说，同性恋起到的是避雷针的作用。①

在米勒的一个脚注中，他将自己阅读奥斯汀的体验架构为一种对历史主义解读的隐性对抗，而历史主义的解读常对奥斯汀文学成就的原创性视而不见。之前的批评者曾有过类似的抱怨，他们从不同的角度对文学研究发起过攻击：越来越频繁出现的一种言论称，意识形态批评的成功是建立在抛却美学的基础之上的，引人愉悦的文学表象被归入程式化的政治评判之中，批评者已不再关注艺术作品的视觉特质和语言肌理。回到美的呼吁是重新定位批评话语的一种尝试；美代表的是积极的

---

① D. A. Miller, *Jane Austen, or the Secret of Style* (Princeton, NJ: Princeton University Press, 2003), p. 8.

价值,是一种气质,是一种丰富性,尽管这种丰富性难以用分析把握。因此在某些关键点上,关于美的全新论述与着魔的现象学是有重合的。但这些新观点也重复了针对商业和大众艺术的古老偏见和轻视,因为这些观点认为,只有与马蒂斯或莫扎特相遇才能激发欣喜、惊奇或忘却自我的体验。①

《千与千寻》是宫崎骏大获成功的系列作品之一,它讲述了年幼的女主人公千寻在和父母一起进入一个荒废的主题公园后发生的故事。她的父母在享用美食摊点上的佳肴时,被变成了哼哼叫的猪。千寻惊慌地逃跑,却发现被一条涨潮的河拦住了去路,而幽灵也开始在黑暗中涌了上来。原来这个公园被一群鬼怪神灵占据了,千寻只有在汤屋工作、为神灵服务才能解救她的父母。因此,《千与千寻》的的确确是一个关于着魔的故事,是关于变形、雌雄同体的生物、神秘的双生物、喋喋不休的动物和一个巨大的婴儿的故事。但它也是一部让人着魔的作品,充分利用了动画这种想象和表现媒介的丰富层次。

在类似《爱丽丝漫游仙境》的风格中,内心笃定的千寻在探险的过程中见到了各种各样奇异的和超现实的生物,它们有的

---

① Elaine Scarry, *On Beauty and Being Just* (Princeton, NJ: Princeton University Press, 1999); Denis Donoghue, *Speaking of Beauty* (New Haven, CT: Yale University Press, 2004).

二 着魔

亲切友好,有的脾气乖戾。该动画电影叙事的悬念和出人意料的情节发挥了其独特的魔力,观众始终被故事出其不意的转折牢牢地吸引着:比如千寻与威胁她的汤婆婆、白龙美少年,还有沉默无形的无脸男的相遇。《千与千寻》的诱惑力还在于其双关的视觉画面、绚丽的色彩和意想不到的极富创造力与魔力的人物形象。给观众留下深刻印象的是滑稽可笑的萝卜一样的神灵;像但丁笔下地狱一般的锅炉房,长着蜘蛛一样的腿的四下狂奔的工人;载着各种幽灵在水面滑行的魔法火车。我们参与了奇异的联想与离奇的重复,参与了梦一般的形态变化,看见元素神秘地分解又重组成新的形态。三个跳来跳去的没有身子的头变为一个大宝宝,宝宝自己则变成了一只神气的小老鼠。看上去像是一团云的飞鸟群,实际上是一群飞舞的千纸鹤;而千纸鹤后来又重组成了一个老太婆,也就是汤婆婆的孪生姐妹,与汤婆婆有一样的绿松石色眼影。一个巨大发臭的神灵身上渗出的黏液和身体里所带的废弃物最终被清理干净,这个神灵也变成了透明的、和蔼可亲的河神。

这一商业艺术品的视觉光彩虽然得到了评论者的好评和观众的喜爱,但固执地认为真正的着魔只会发生在莎士比亚和雪莱的作品中的评论者是不会注意到它的。我们无法凭借一部作品是由某公司或企业赞助的这一事实来判断它的形式与审美价值,或判断它会得到怎样的审美反应。经济学可以告诉我们文化在系统层面是如何运作和复制的,但它在预判审美反应上却不是很靠得住。文本的商品属性只是其存在的一个维度,并非决定一切的本质属性;它不是一个吸干文本所有审美价值的吸血鬼。

那么,为什么我们总是极容易认为,(比方说)博物馆里的一幅画会引来各种各样的审美反应,而同样一幅画放在杂志里却只能吸引人去买鞋?这显然不是两者在形式属性上的区别,不是"文本本身"(text itself)的视觉特质的区别。审美理论——调动欣喜、美、着魔——实际上依靠的是隐藏的社会理论,即认为普鲁斯特爱好者和艺术展常客组成的圈子之外的人跟这些特质不会有任何关系。又一次,现象学与政治学扯上了关系。有人认为流行艺术不过是意识形态高压之掩饰,这一观点很大程度上源自"艺术"与"文化"两门学科的分割。被选中的艺术作品会被送进博物馆,在那里它们会被细察,会被多维度阐释,会被赞为艺术的精髓。剩下的作品就只有工具性的使用价值了:它们体现了人们的基本精神需求,是意识形态对受众的控制,是功利主义者对利润的算计。[①] 高雅文化与大众文

[①] Fredric Jameson, *A Singular Modernity: Essay on the Ontology of the Present* (London: Verso, 2002), pp. 177-179.

二 着 魔

化的关系被扭曲成美与意识形态的对立、审美与功用的对立,甚至"文学性"也被认为是这个祛魅了的世界中仅存的救赎之一。

如果我们要把着魔塑造成在文学和文化理论领域里讲得通的一个概念的话,那我们就需要把它与浪漫的形象分开,并认可它是现代性的一部分,而非它的对立面。格林布拉特对被奥赛美术馆展出的佳作吸引的描述,以及法兰克福学派对女店员被好莱坞电影催眠的哀悼,两者的差别我们很难区分;唯一能区别两者的是后者充斥着轻蔑的形容词。着魔的现象学特征是强烈的入迷和丧失自我的体验。因为潜入一个人的脑海中去评判他的审美愉悦感是不可能的,所以任何试图对不同的读者或观众进行分类的尝试——即清楚地区别开真正的着魔和恶意的巫术——不过是建立在下意识的阶级偏见之上。①

曼努埃尔·普伊格(Manuel Puig)的《蜘蛛女之吻》(*Kiss of the Spider Woman*)以一段发生在两个被关在阿根廷监狱的男犯人之间的长对话展开。他们中的一人是政治革命者瓦伦丁,另一人是持有女性认同的男同性恋者莫利纳。莫利纳自

---

① John Carey, *What Good are the Arts?* (London: Faber and Faber, 2005), p. 23.

娱自乐和与狱友玩乐的方式是列举他最喜欢的电影的细节,历数各种夸张情节、浪漫爱情故事和恐怖电影。尽管瓦伦丁也很乐意跟莫利纳一起消磨时间,但他明言要与其保持距离,强调这些电影跟他平常看的很不一样。莫利纳梦游般地讲他的故事,他的狱友则不时加入一两句讽刺的嘲弄,或一句马克思式或福柯式的分析。瓦伦丁是意识形态批评的阐释者,急于展示他操演理论符码的熟练程度,急于对浅层的审美进行深入的阐释,急于诊断出文化工业这梦幻世界的病症。

教育程度低一点的莫利纳并不能像他那样熟练地操演分析术语;他没法及时对瓦伦丁的反驳做出回应,只能陷入沉郁或静默之中。但是在复述电影方面,莫利纳口齿伶俐得多。从总结剧情到复述对话再到视觉重现,这些对他来说易如反掌。他与电影的联系本质上是审美的,他关注的是电影的形式与表现特质,及其被这些特质激发的不可言喻的情感。在莫利纳对电影的讲述中,他关注其中肌肤的质地和布料的式样,关注光与影的敏感对比,关注布景的华丽、丰富以及布景如何衬托人物性格。与将电影抽象化相比,他描述的是电影的核心内容,他关注视觉细节的丰富程度和反响,他努力表达当电影画面静止成华丽的动人场景时的特质。"而现在,房间里唯余月光,照在她的面庞上,她像一尊高高的塑像,身着紧身的长袍,像古希腊的双耳瓶,臀部轻盈,落到地面的长巾盖在她头上,却没有破坏她的发型,把她的形体勾勒得刚刚好。"①

　　普伊格的小说是一次审美再教育的尝试。瓦伦丁这个看不起商业电影的马克思主义理论的阐释者逐渐被莫利纳讲故事的魔力诱惑。他放弃了部分男子汉气概并最终成了莫利纳的情人,同时也向他一度贬为情感媚俗的电影的魔力敞开心扉。政治与流行艺术这两个领域的差别似乎也没那么大:瓦伦丁的革命信仰同时也是救赎的虚构作品,是关于超验的梦与希望的幻想,其形式的神秘性质并不逊于大众文化的梦想世界。普伊格的小说用爱与宽容对待电影艺术,是向其强烈的情感与魔幻的能力的致敬。《蜘蛛女之吻》以 B 级片为范本来塑造它自己关于两个人命中注定相爱的故事,它展现了高雅文化与流行文化之间的诸多联系。

　　最近被翻译成英语的埃德加·莫兰(Edgar Morin)的作品将电影的吸引力与一系列关于魔力和现代性的反思联系起来。正如他的朋友米歇尔·马菲索里(Michel Maffesoli)一样,莫兰对集体的狂喜、着迷、全神贯注的体验以及强烈情感的爆发很感兴趣。着魔的体验渗透进了现代性,它需要以自己的方式被

---

① Manuel Puig, *Kiss of the Spider Woman* (New York: Vintage, 1991), pp. 54-55.

认识,就像仪式性的咒语宣称自己有特殊的目的,能产生独特的愉悦感。意识形态批评惯常的理性回应只能导致失败的去神秘化:它不能把握电影的神秘吸引力,也不能消除其力量,因而是失败的。

在反思这种力量时,莫兰写道:"又一次回返的……是魔力这个词,环绕它的是一群泡泡般的词语——神奇的、不现实的等——这些词只要触碰就会破裂并蒸发掉……它们是不可言喻之事的密码。"①魔力是电影之诱惑力的比拟物,它让我们认识到神圣、神秘的传统与商业娱乐的现代形式的联系。在电影院中,日常世界被再现了,也被改变了,它被重要的意义和丰富的感情组成的光晕笼罩,它处在万物有灵、充满意义的世界的当代重现中。电影也重现了古人对二元论的迷恋,重现了既是我们又不是我们的人物角色的神秘吸引力:幽灵般的另一个我和永生的形象在按下按键之后就神奇地闪现进了我们的生活。

但这个比拟也是不完美的,因为两者的语境完全不同:魔法现在已没有了它在部落或传统生活中解决实际问题的功能,仅被用于电影院被隔离的黑暗环境中,变成了人化的、梦境般的强烈的参与体验。莫兰指出,电影带给我们的是一种独特的

---

① Edgar Morin, *The Cinema, or The Imaginary Man* (Minneapolis: University of Minnesota Press, 2005), p. 16.

二 着魔

魔法混合物,它是情感的也是审美的。它有能力赋予日常所有事物光泽与意义,在人类与世界间建立密切联系,重现看上去被祛魅了的世界。焕发光彩的银幕形象让我们能够内在地体验到认同感和入迷感,体验到陷入比我们更宏大的事物之中的宗教似的感觉,一种沐浴在洋溢着强烈感情的生动的梦中的感觉。

许多这样的观点都可与阅读的体验产生共鸣。比如说,小说也赋予它描述的事物丰富的意义,使它们成为预兆性的事件或图腾性的事物,从而使这些事物突显出来。因而,小说祛魅的努力,它坚决成为一种世俗形式的努力,只成功了一半。现实主义也充满了魔力,尽管它表现得很科学或基于历史现实;它让我们看见事物,它创造引人入胜的虚构事物并产生特殊效果,它擅长变戏法,跟其他幻想作品一样把我们无情地拉入想象世界。还有,尽管作者努力以精确的手法记录社会环境的细节,但是他唤起的事物总是有一种神秘的、象征性的,甚至神圣的特质。① 小说展现出日常生活的世俗之处,也展现出日常生活的魔力;它将奇观混合进普通事物,使没有生机的世界生动起来,让平凡、被忽略的现象焕发光彩,并使其具有审美的、情

---

① Bill Brown, *A Sense of Things: The Object Matter of American Literature* (Chicago: University of Chicago Press, 2003).

感的,甚至形而上的意义。这不仅仅像标准的马克思主义阅读理解的那样——事物被赋予了商品形式的幻觉般的吸引力。资本主义也会改变甚至增强我们对魔力的感觉,但是与此同时,它也紧抓着存在于现代经济体系之前的情感倾向与人类渴望。

批评界对着魔的敌意大多是由图像恐惧燃起的,即对图像长久以来的害怕与怀疑。对于从卢卡奇到德波的马克思主义思想者来说,讲真话的叙事与神秘的图像是完全对立的。图像被认为是一种偶像崇拜,缺乏批判与历史意识。现代人在文学中着魔的表现大多数是视觉类比,这凸显了语言召唤被创造出来的世界的能力,以及语言让我们看到不存在之物的能力。最近,回到审美的观点通常与这种视觉愉悦的反理性论相附和。斯蒂芬·格林布拉特将艺术创造奇观的能力(摄人心魄,让我们就这样愣住)与其创造共鸣的力量(创造一种丰富的历史和文化背景感)进行对比。他认为,与共鸣有关的是声音的传播;相反,奇观与视觉能力、被展示对象的神秘性有关,是以一种特殊的看的方式使审美上的狂喜成为可能。①

但是,如果我们反观"着魔"一词的词源,我们就会发现诱

---

① Greenblatt, "Resonance and Wonder." 关于两者区别的评述,参见宋惠慈,"A Theory of Resonance," *PMLA*, 112, 5 (1997), pp. 1046-1059。

惑的另一种方式:我们容易被声音撩动、被音乐融化、向声音的质感而非说出的词投降的倾向。易感受和易受诱惑的是耳,而非眼,它是容易被从各个方向穿透的洞口,不能随意地关闭,会被最悦耳、最无法用语言形容的声音入侵。听音乐通常会与自我的去中心化和错位联系起来,与自我边界的丧失或模糊联系起来,与一种融入大海的感觉或"前俄狄浦斯"(Pre-Oedipal)阶段的幸福感联系起来。因而,歌剧评论者在描述着魔体验方面是最有说服力的,这也就不足为奇了。①

塞壬的传说象征着声音的诱惑性。塞壬歌唱之时,理智会昏睡过去,她诱惑我们放弃清醒的判断力,跨过理性的边界。《启蒙辩证法》一书认为,塞壬的歌声满足的是"心满意足地暂时忘却自我"的欲望,它是使人上瘾的陶醉与酒神般极乐的化身,自艺术源起之时便已存在。② 塞壬是丧失自我之快乐与危险的缩影,尽管后来阿多诺与霍克海默在讲到文化工业塞壬般

---

① Michel Poizat, *The Angel's Cry: Beyond the Pleasure Principle in Opera* (Ithaca, NY: Cornell University Press, 1992); Wayne Koestenbaum, *The Queen's Throat: Opera, Homosexuality, and the Mystery of Desire* (New York: Da Capo, 1993).
② Theodor Adorno and Max Horkheimer, *The Dialectic of Enlightenment* (Stanford, CA: Stanford University Press, 2002), p. 26. 同时可参考 Linda Phyllis Austern, "Teach Me to Hear Mermaids Singing: Embodiments of (Acoustic) Pleasure and Danger in the Modern West," in Linda Phyllis Austern and Inna Naroditskaya, eds., *Music of the Sirens* (Bloomington: Indiana University Press, 2006)。

的诱惑时,坚称塞壬只是危险之缩影。向塞壬交出自己,不仅意味着放弃自己的意志,还意味着将之交由外部力量来控制。音乐和声音的音乐性,这两个概念与附身紧密相关,与被外在力量或超自然力量占据紧密相关,这凸显了这两个概念与着魔的谱系学和现象学的关联。这种附身之感会战胜诗人,让诗人下意识地说出词句;读者或观众也会被这些词句的声音打动,对此或许他们自己都不能有意识地进行解释。[1]

例如,巴特曾提到过一种与词语的感官和赋形(embodied)相关的联系,并提到了一种"有肉体的语言,以及我们能从中听到喉咙的颤动、辅音的清脆、元音的性感和一整套肉体的立体声的文本"。[2] 我在之前对爱上一种写作风格的反思中也提到过这种与声音的感官和类触觉特质的亲密联系。这种感官特质不仅在读者的脑中被记录下来,也被重新创造出来。读者将唤起视觉的提示词转化为想象中的强音与重音、谐音与不谐音、音色与语调等听觉要素。声音效果可以召唤出联想的状态,不受我们惯常的认知与阐释的控制,使我们下意识地对非语言的或附属于语言的刺激物进行回应。

---

[1] 关于声音与附身的关系,可参见 Susan Stewart, *Poetry and the Fate of the Senses*. (Chicago: University of Chicago Press, 2002)。

[2] Roland Barthes, *The Pleasure of the Text* (New York: Hill and Wang, 1976), p. 66.

二 着魔

谢默思·希尼(Seamus Heaney)曾提及声景(soundscape)而非图景(landscape)的创造。他提到一种与被意义操控一样被音乐性操控的与诗歌缔结的亲密关系,或者不如这样说,意义依附于诗歌的声效,正如它指向某物或某主题一样。声景这一概念强调了关注语言的物质性不代表关注其没有灵魂的形式;声景是一种听觉环境,是由有共鸣的声音模式交织组成的生动的世界。希尼提到,他自己不喜欢追随一首诗的概念内容行进,他更乐于"把自己变成诗歌声音的回音室"[1]。在这种情况下,引发着魔体验的不是所指物,而是能指物,不是对所摹之物的鉴别,而是声音的表现力及其对潜意识产生的效果。

在其长诗/散文《引人入迷之机巧》("Artifice of Absorption")中,语言诗人查尔斯·伯恩斯坦(Charles Bernstein)探究了着魔的现象学以及吸引、催眠并迷住读者的技术手法。尽管伯恩斯坦偶尔忍不住对大众传媒嘲讽一番,但他还是尽量避免显露出先锋主义诗学的职业病,即一种居高临下的姿态。相反,他把容易僵化成二元对立的不同观点巧妙地糅合在一起:意义与其瓦解或延宕,入迷与不动情,陌生化与常规,着魔与成熟等。伯恩斯坦意在认真对待入迷的体验,思考其在召唤出想象世界

---

[1] Seamus Heaney, "Influences," *Boston Review*, 14, 5 (1989).

的现实主义作品中的作用,以及在其他激起回忆般的辛酸或梦境般的强烈感觉的文学体裁中的作用——如浪漫主义诗歌、埃德加·爱伦·坡的故事等。伯恩斯坦提出了一个假说,即因果关系或上下文连贯像具有舒缓、麻痹效果的格律和重复一样,对读者具有诱惑性。某些次文类(subgenres)作品——如狂热的颂歌、关于宗教或浪漫体验的诗歌——用尽全力将引人入胜的抒情形式与对狂喜状态的再现结合起来。

然而,这样的努力却很容易导致意外的差错,最终产生非作者所愿的异化效果,以至于观众不是大打哈欠就是大笑不止。相反,现实主义和浪漫主义诗歌对读者的反应没有采取垄断式的控制;着迷与形式的透明性绝不是同义词。伯恩斯坦逆当下的批评教条而行,让我们明白反入迷的手法是出于让人入迷的目的而用的;这种巧妙的手法并非不能让人入迷。他参考了超现实主义为了触及"更深人"的现实而运用的反常并置与排列手法,以及俄国未来主义诗人为创造一种类魔法的听觉幻觉状态而发明的难以理解的词语,以及他自己的创作。"在我的诗中,我/常常使用晦涩和难以理解的/元素、闲话以及/打岔,这是我的技术宝库/的一部分,从而可以产生更有力的/("加大马力的")/吸引力,比传统的/温和的、吸引人的手法更强。"①文学理论家有一件事做错了,即认为创新的形式与成熟、反讽和疏离的精神状态是等同的。语言实验可以加强而非阻碍读者的参与感,它用声音的音乐性和表现力来引发原始而又强烈的联想或诉诸敏锐的听觉和感官知觉。伯恩斯坦让我们明白,引人入迷和巧妙的手法,两者互相关联,而非互相排斥。现代艺术的历史被解释为一个理智化的过程,或是一种远离情感与沉溺、朝向更高层次的分析自觉发展的过程。但相反,"引人入迷的/活力/是所有阅读与写作的核心"②。

反对着魔有两大理由:它迷惑人的神智,又破坏人的能力。我们或许可以将以下问题称为包法利夫人问题(Madame Bovary problem):轻信别人的人,他们的理性会被迷惑,他们的理智会被蛊惑,从而丧失区分真实和想象的世界的能力。某些人敌视着魔体验,大多是因为他们认为读者或观众缺乏洞察力和批判性的评判力,会把虚构混淆成历史事实。这种敌意所针对的对象也是不平等的:批评者一贯认为自己不会受这种迷惑的影响,却哀叹它对理智较弱的群体的蛊惑,如女性和下层阶级。

但沉浸在一部艺术作品中的体验包含了一种心理平衡活

---

① Charles Bernstein, "Artifice of Absorption," in *A Poetics* (Cambridge, MA: Harvard University Press, 1992), pp. 52-53.
② Bernstein, "Artifice of Absorption," p. 23.

动。批评者急于将顽固的唯文学主义归于他们想象中的观众身上,却疏于对这种活动的考察。尽管我们是被蛊惑、被附体、被在情感上压垮了,但我们知道我们沉浸在想象性的景象之中:我们对艺术的体验是一种双重认知状态。① 这不是否认想象性的虚构作品可以渗入并影响我们的生活,而是指出这种交汇很少是以混淆真实与想象世界的方式发生的。无论是对"高雅"艺术,还是对"低俗"艺术而言,一种独特的双重认知是当代审美体验的基础;尽管我们着魔了,但我们对自己着魔的状况很清楚,并且这不会削弱或稀释我们强烈的参与感。

迈克尔·塞勒(Michael Saler)在提到其所称的反讽想象(the ironic imagination)时曾同意这一观点:反讽想象即是一种处在着魔的世界,并认识到这种世界之想象本质的愉悦感。从这个意义上讲,高雅文化和大众文化针对的都是人们普遍存在的对奇观和神秘感的渴望,同时二者都不会否认现代性。现代的着魔指的是我们浸没其中却不被淹没,被下蛊却不中蛊,暂时放下怀疑却不会忘记迷住我们的虚构作品的虚构性。② 这

---

① Morin, *The Cinema*, p. 225.
② Michael Saler, "'Clap if You Believe in Sherlock Holmes': Mass Culture and the Re-Enchantment of Modernity, c. 1890 – c. 1940," *Historical Journal*, 46, 3 (2003), pp. 599 – 622, and "Modernity and Enchantment: A Historiographic Review," *American Historical Review*, 111, 3 (2006), pp. 692 – 716. 同时可参考 Simon During, *Modern Enchantments: The Cultural Power of Secular Magic* (Cambridge, MA: Harvard University Press, 2002)。

种着魔是一种魔力,却不要求超自然力量的介入,它提醒我们生活在一个理性且部分世俗化的世界中,神秘、奇异和令人困惑之物仍顽强地存在着。

最后,我们该如何理解着魔所引发的一切与消极、服从和归顺的联系?一个人完全被一本书或一部电影迷住,通常会被说成是被俘获了,陷进去了,或被绑架了。同样,当有人谈起自己被一个文本压垮,就等于承认自己的审美反应是热忱的、无可救药的,这与我们通常认为的无所不知、自有分寸的批评者不太一样。巴里·富勒(Barry Fuller)认为,吸引批评者从事文学研究的不仅仅是文学提供的智力上的快感,还有"更令人心醉神迷、更难以启齿的东西,即在非我面前理解到了崇高性与自我的消除"。① 如我们之前所见,这种"更令人心醉神迷、更难以启齿"的感觉常常被否认,或归到容易受骗的或幼稚的读者身上。但它是漫长而又多样的审美、情欲与宗教实践历史的一部分,证实了一种对解开束缚意识的枷锁的渴望,以及一种对感受撩人且让人眩晕的丧失自我的乐趣的渴望。

当然,从某种意义上讲,"消极性"一词可能会令人误解:任何与一部文学作品的接触都要求有少量的互动。读者与观众

---

① Barry Fuller, "Pleasure and Self-Loss in Reading," *ADE Bulletin*, 99 (Fall 1991).

会参与到潜在而又复杂的解码活动中,他们的大脑在暗中运转,进行着复杂的加工,调动起全部隐性的知识。我们常参与到将符码转换为想象的场景、对微妙的文本线索进行回应、填补空白、对文本给我们的东西加以解释并扩展等活动中。还有,在某种意义上,我们也准备好通过上下文的背景线索、惯例和根深蒂固的期待等预评估(pre-evaluation)体系来体验着魔。这就好比,在音乐会大厅激起阵阵掌声、令人心旷神怡的小提琴演奏,如果放在地铁站里就只能收获无情的回应甚至路人的恼怒。①

但这种坚持认为审美体验取决于其社会框架的论点也会掩盖一个同样突出的事实,即我们可能会被文本吸引或附身,但我们对此完全没有掌控力,也解释不清楚。如果一个读者有自主力量的话,那么一部艺术作品也会有,尽管这种力量只能被某次相遇唤起。我们所受的教育、我们的教养,以及我们的社会地位已预先使我们容易做出某种文化选择,但这一过程中总有难以预料、让人惊喜之事,从而使我们感到自己只能被某

---

① "预评估"这个术语,我取自 Barbara Herrnstein Smith, "Value/Evaluation," in Frank Lentricchia and Thomas McLaughlin, eds., *Critical Terms for Literary Study* (Chicago: University of Chicago Press, 1995)。一份美国报纸最近劝说一位世界著名小提琴手在地铁站匿名演奏,并报道了演出结果。"Pearls Before Breakfast," *Washington Post*, April 8, 2007.

二 着魔

类文本打动,却不能被其他文本打动。我们会感觉自己被拖入一部作品的轨道,这让我们感觉意义重大,又充满神秘感。这是一种现象学的现实,不应屈服于保守主义的批判。

着魔很重要,因为人们阅读文学作品的原因之一就是想脱离自己,想被拉进一种不一样的意识状态当中。尽管现代思想认为这种超饱和的情绪和感觉是孩子气的、原始的,但学界对情感状态越来越有研究的兴趣,这也预示着上述歧视和先定立场将会减弱。着魔的体验比文学理论所允许的更丰富,也更多面;它不一定非得与浪漫的怀旧情怀或法西斯主义的萌芽有关联。事实证明,在反思文学理论的信条方面,"着魔"一词是一个极富成效的术语。当我们直面作为批评方法和理论范式的去神秘化的局限性之时,当我们抛却我们的生活必须被祛魅的现代教条之时,我们就可以真正开始从事情感研究和入迷研究,研究审美体验的感官和肉体特质。

三　知识

文学知道什么呢？关于文学揭示了什么、隐瞒了什么的问题已经被重点地解决过了，以至于所有关于这一问题的批评都像是被逼无奈，努力避免成为事后之见或对前人的拙劣摹仿。但当下关于摹仿论和其相关话题的讨论已逐渐枯竭以致陷入僵局。文学理论家感觉自己不得不向关于文学文本再现的是什么的常识泼冷水，却不能赶走普遍存在的一种直觉，即艺术作品展现了某些关于事物是什么的信息。通过驳斥将提及某物等同于反思某物、将摹仿论等同于真实的反映的观点，我们可以公平地对待这种直觉，并重新发起一些已陷入停顿的辩论。除了将再现（representation）视作烦人、扰人的阻碍之外，还有其他方式来思考再现这种与文学形式的必要性相协调的摹仿模式。

细察用来理解文学与真实的关系的流行比喻，可以让我们对这一卷帙浩繁的文献档案有初步的认识。或许在对文学与世界的关系的表述中，存在时间最长的就是关于假象

（semblance）、影子（shadow）或幻觉（illusion），又或是关于仿造（counterfeit）或摹仿（imitation）的比喻。自柏拉图始：抗议艺术之次要性的声音回响在整个现代性的发展历史中，其最常出现的抗议对象就是下流狡诈的小说这一体裁。对小说撒谎的这一指控在20世纪的意识形态批评中重获新生，是无数抨击文学文本掩盖社会真相的文章著述背后的驱动力。这种观点认为，艺术作品就是一个骗子，是没有羞耻感的谎言，它在知识方面的失败导致了各种各样灾难性的后果，从对城邦国家的污染到对资本主义不平等的辩解，不一而足。

另一方面，急于让人们承认文学具有启发性力量的人，常常使用反映（reflection）一词，就像司汤达曾将小说比作一面在路上游荡的镜子，它既能捕捉到不卫生的尘土与下水道里的泥浆，也能捕捉到明亮的蓝天。但是按乔治·艾略特（George Eliot）的话说，现实主义者不得不承认，文学的镜子是残缺的，镜像常常是模糊不清的，其反映真实的目的也难以达到。另一种玻璃似的想象，即文本是一扇看向世界的窗户，是由奥尔特加·加塞特（Ortegay Gasset）、亨利·詹姆斯（Henry James）、萨特（Sartre）和其他作家提出的；这在现实主义电影理论中同样适用，指的是一种不受人类偏见影响的感知的客观性。镜子和窗户两种隐喻都被全面批判过,因为它们假定文本是透明的,并尊奉至高无上的以眼为中心的认识论;批评者认为,对体验的语言层面的思考会对这种视觉类比的可信度造成极大的损害。

马克思主义批评家乔治·卢卡奇常被批判反映论之幼稚的批评者拉过去当替罪羊。但实际上,卢卡奇坚决反对由不偏不倚的复制和文学复刻的欲望驱使的审美观。他认为,任何真正的现实主义艺术都必须是多层次的、有选择的,且与创作者的喜好分不开。X光这一比喻更适合证明他的一个论断,即巴尔扎克和托尔斯泰的作品穿透引人误解的表面和分散人注意力的细节,揭示了社会进步的动力。甚至司汤达的镜子之喻都比表面上更复杂,即它是一个动态、不稳定的反映体,提供的是变化的和不可避免的偏颇观点。[1] 对指涉的依赖和对视觉类比的持续运用在当下流行的地图式隐喻中重现出来,最好的例子是弗雷德里克·詹明信(Fredric Jameson)关于认知地图(cognitive mapping)的观点。地图作为理解模式的吸引力源自再现的矛盾:任何捕捉社会现实的努力都一定是选择性的,任何想要抓住一切的作者最终都只能一事无成。

---

[1] Morris Dickstein, *A Mirror in the Roadway: Literature and the Real World* (Princeton, NJ: Princeton University Press, 2005), p. 8.

第二种形象谱系是围绕以下观点展开的：艺术作品是一盏发光的灯，其能量可以照亮周围的阴影。灯的比喻避开了文学是对日常生活的记录这一观点，它赞美了诗歌的创造性，正是这种创造性让我们看到了之前未见之物的力量。在当代人与弗洛伊德，以及尼采、伯格森的活力论（vitalism）的相遇中，由浪漫主义精心创造出的这一主题又重新获得了活力，只是变得更加清醒了。现在人们认为，由艺术提供的真理打破了一切稳定性，使自我粉碎，深陷于无意识欲望的恶魔般的涡流之中，与科学赐予的秩序完全不同，也与日常生活中迟钝又散漫的认知不一样。顿悟成了现代主义审美的典范模式；艺术作品揭示、显明，并强行让人接触到除此方法之外无法接触的思想。艺术作品之所以成为半神圣的真理，就是因为它美化且改变了人，打破常规先验图式的外壳，呼唤意识的新形式以及看待世界的新方式。①

在新批评的鼎盛期，关于艺术作品的认识论地位的问题被推到了后台。在此时期，文学文本获得了一种岿然不动的言语图标的气质，其任务是存在而非有意义，它被认为是"等同于真实，而非真实"。批评者的意图乃是阐明诗歌形式令人困惑之

---

① Charles Taylor, *Sources of the Self: The Making of the Modern Identity* (Cambridge, MA: Harvard University Press, 1989).

处,因此他们搁置了文学让我们知道了什么这一问题,或者断然拒绝分析这一问题,认为它侵犯了纯文学自给自足的特性。尽管新批评者偶尔会触及诗歌语言与体验的多层次性相匹配这一观点,但这种论述常被一笔带过,而不是被组织成一个关于文学与真理的坚实论点。但是在我读研究生的20世纪80年代,文学研究刚刚被政治化,并受到阿尔都塞式马克思主义的强烈影响(他在欧洲和澳洲的影响比在美国的要大)。阿尔都塞式的批评者看不起他们在现实主义和浪漫主义美学中发现的对资产阶级式真理的依恋。然而,他们在某一方面也遵守着传统美学理论的规定:承认艺术作品与寻常的意识形态相比有其不同的规则。

那么,该如何解释这种不同,并为这种区别提出合理依据呢?让人们联想起医疗和治愈的症状隐喻(metaphor of the symptom)为我们提供了一种理解艺术作品的方式。阿尔都塞式的批评者固执地认为:文学不可能为我们提供真正的知识,能做到这一点的唯有像马克思主义或精神分析这样的解释性科学。但有一种观点认为:文学可以通过美学形式与日常生活的意识形态保持批判的距离,从而揭露日常生活中被压制的或被排除在外的意义。"文学挑战意识形态的方式,"皮埃尔·马舍雷(Pierre Macherey)写道,"是对其进行使用。"[①]就像歇斯底里症患者被各种症状折磨,但症状的含义和起因她却不知晓,文学文本也被它无法知晓的、唤起社会矛盾的不在场和裂缝撕裂。由此,文学与世界的关系被完全重塑了:这种关系不是图像式的(基于假定的相似性),而是索引式的(由被压制的因果关系驱动)。文学文本不能完全地认识自己,不能把握控制它的社会状况,但它出自本性的症状性的逃避和移位却使我们见识了生产出它们的力量。

阿尔都塞理论最终会受其日益下降的可信度所害。因为随着现实中存在的社会主义的坍塌和各种各样对其政治与方法论原则的批判,马克思主义鼓吹的自己对客观知识的掌握将受到损害。文学研究经过了一波又一波知识界怀疑论大浪的冲刷,数不清的人声称掌握了真理却又在解构中触礁。如果我们对真实的理解总是受文化偶然性与意识形态偏见的控制,如果我们的语法总是充满了武断的区分和自我指涉的修辞,那么谈论真相的游戏最终将会终结自身。一整套的术语——知识、指涉、真理、摹仿——从更高层次的文学理论中消失了,仅存于教学与批评的日常实践中,即便出现在《变音符号》

[①] Pierre Macherey, *A Theory of Literary Production* (London: Routledge, 1978), p. 133.

(*Diacritics*)或《批评探索》(*Critical Inquiry*)这样的期刊中也一定要被加上引号。

但是被压制的马上会再次出现,出现在文学作为消极意义的知识以及文学作为摹仿的对立面的观点中。在某种意义上,我们又重回了起点——将文学比作谎言——但不同之处是,这种贬义的说法现在成了对文学独特地位的证实。如果所有写作形式依赖的都是文本性游戏而非精确再现真实这一标准,那么文学应该得到赞扬,因为它直面自己虚构的状态,拒绝迎合客观性和准确性的虚假标准,并且在现代主义作品中,文学彻底抛弃了连贯易读的常识性标准。文学作品不仅仅是特殊、非典型性的语言应用形式的代表,更被突然抬升至象征中心的地位,成为折射出交流活动中的审美与修辞特质的理想棱镜。保罗·德曼(Paul de Man)常常引用这句话:"文学是唯一摆脱了未经调节的表达之谬误的语言形式。"[1]

此观点在阿多诺的作品中则带上了一丝阴沉甚至忧郁之气。阿多诺认为,卡夫卡与贝克特作品中充满消极意义的知识是我们在资本主义系统中的唯一选择,尽管这种选择是受到挫伤、虚弱无力的。通过将每一个词商品化和具体化,人们把语

---

[1] Paul de Man, *Blindness and Insight* (Minneapolis: University of Minnesota Press, 1983), p. 17.

言的实质内容掏空了。在当下的尼采主义中,这种观点又有了更积极、少烦恼的表达方式。批评者们积极地展示文学如何在深渊中追着自己的尾巴永恒循环,或者从无所不在的戏剧性与表演性中召唤出颠覆力量。他们从罗兰·巴特处获得灵感,认为文学中的现实主义不过是由语言的游戏排演出的现实效果,并且"写作"(writing)一词是个不及物动词,只能引发联想,不能直接指涉。文学的诗学功能被推举为文学的唯一功能,文学的"相关性"(aboutness)最终只能以文学本身为中心。现在万事俱备,只待一种批评阅读方式来证明:从《巴斯妇》到《绿野仙踪》,我们所能想到的每一个文本都是对其虚构状态的自我指涉式评论。[1]

上文列举的一连串变幻的比喻常被认定为我们曾犯过的错误的编年史,因为文学批评者现在已经摆脱了曾困扰他们前辈的对隐喻的依恋。但这种依恋是极难摆脱的,像帽贝一般粘在想甩掉它的人的措辞之上。对摹仿论的攻讦围绕的是一系列的关于知识的观点,而否认真理者不得不冒险提出无数个关于事实真相是什么的观点。比如,菲利普·韦恩斯坦(Philip Weistein)最近提出了现代主义虚构作品所奉行的"不知"

---

[1] Gerald Graff, *Literature Against Itself: Literary Ideas in Modern Society* (Chicago: Ivan Dee, 1995), pp. 20-21.

(unknowing)状态,其中包含了多种描述、分析、论争、解释和评判的言语行为。他对文学如何从真理和知识中退化出来做出了解释,展现了一种消极的目的论。这涉及大量的历史概述,且依赖于关于目的论及其影响的无数假设。尽管韦恩斯坦的阅读有一定的启发性,但他的论点是建立在他急于摆脱的真伪论和指称论之上的。[①] 并且不止一次——最著名的是关于20世纪80年代的高深理论的等价链观点,即现实主义、个人主义、中产阶级文化和资本主义被草率地放到一起批驳,以至于对狄更斯或德莱塞的批评还要承担对资本主义系统进行英雄般的攻击的责任——文学理论家对真理的论断被证明是极其大而无当的,而这是19世纪的小说家想都不敢想的。

克里斯托弗·普伦德加斯特和安托万·孔帕尼翁(Antoine Compagnon)回顾了知识史上这一不太光彩而又众声喧哗的时刻,他们发现这种对文学摹仿论的夸张的反对,扭曲并歪曲了摹仿论的含义。[②] 比如说,将现实主义的语言视作"透明的",这对很多隐喻丰富、语义深刻和含义多样的19、20世纪

---

① Philip Weinstein, *Unknowing: The Work of Modernist Fiction* (Ithaca, NY: Cornell University Press, 2005).
② Christopher Prendergast, *The Order of Mimesis: Balzac, Stendhal, Nerval, Flaubert* (Cambridge: Cambridge University Press, 1986); Antoine Compagnon, *Literature, Theory, and Common Sense* (Princeton, NJ: Princeton University Press, 2004).

小说来说是不公平的。一种观点认为,现实主义用看似自然而然的符号表现文化对占主导地位的意识形态的支持。这种观点忽略了读者和作者都十分清楚现实主义文学的虚构性、技巧性和假装性。这种观点也极具欺骗性,因为它本身就是建立在与它所摒弃的思想结构相似的指称论断、因果假设和社会诊断之上的。

文学与知识的关系问题仍然没有答案;回答这一问题的关键在于我们如何定义"认知"这一行为。在本书的第一章,我聚焦的是文学在指导自我阐释与自我理解方面的潜在价值。但我现在关注的是文学如何揭示自我之外的世界,以及它展现了人和事物、习俗和礼仪、象征意义和社会分层的哪些方面。当然,并不是所有文本都能被用来做这种分析;我的结论一章将聚焦挑战和瓦解了社会指称之框架的作品。但人们阅读的动机之一是希望对日常体验与社会生活有更深入的感知。文学与世俗知识的关系并不是消极的或对抗性的;文学也会扩展、放大或重新整理我们对事物的感知。

意义建构的手段就建立在文学文本的形式与体裁属性之上。玛乔瑞·帕洛夫(Marjorie Perloff)的一个结论是错误的,且这种观点并不罕见。她称:"如果文学文本的主要目的是传播知识和表现真理,那形式与体裁的问题就是次要的。"① 然而实际上,知识与体裁密不可分。这恰恰因为知识的所有形式——不管是诗歌的还是政治的、抒情的,乃至写实的——都依赖于一系列的形式资源、风格规范和概念图式。体裁不仅与文学或艺术有关,还与所有的交流方式有关,因为意义是通过言语的结构与情境塑造出来的。实验室的报告、政治演讲、解构主义的文章、民间故事都是塑造出真实可信、有理有据等具体效果的体裁形式。② 知识的社会学家和语言哲学家早就发现,认知不是在脑海里消极地记录或留下印象,而是对材料进行积极主动的选择、排列和整理,是一种理解的方式。从这个意义上讲,形式与体裁不是知识的阻碍,而是我们所能想到的获取知识的唯一途径。

人们发现,近年来批评者对文学所追求的指称目的的批判暴露了他们在追求理想化的绝对全面性时表现出的受挫的理想主义。他们指责文学作品是只展示了偏袒性、局限性的符号,责怪它没有兼收并蓄地考虑到所有知识的形式都是在体裁的规范下受限制并成为可能的,其中包括批评者自己的知识形

---

① Marjorie Perloff, *Differentials: Poetry, Poetics, Pedagogy* (Tuscaloosa: University of Alabama Press, 2004), p. 17.
② John Frow, *Genre* (London: Routledge, 2006), p. 12.

式,这种指责却有滑入同义反复之中的危险。文学作品产出的确实是受局限的视角,但这不妨碍它成为生产知识的源泉。这样看来,我们应该小心,不要把体裁束缚得太紧,从而使其被约束在某一特殊的认识论之中:比方说,若假定现实主义试图掌控和描绘世界,而现代主义则表现了知识与再现的危机。在我的定义之中,摹仿论不仅仅被局限在现实主义里,它也可以被拓展到现代主义诗歌和后现代主义散文之中。当我们抛却了现实"就在那里"等我们发现这一错误认识之后,我们才可以将文学规范看作为真理发声的媒介,而非发现真理的障碍。

在这里,我要感谢保罗·利科的作品,尤其要感谢他让我们将摹仿论视作一种再描写(redescription)而非反映(reflection);将之视作一连串的阐释环节(interpretative processes),而非一声回响或一次摹仿。这种对再定义摹仿论的呼吁是建立在回到亚里士多德对摹仿的设想之上的,即将其视为创造性活动而非复制性活动。[1] 用利科的话说,我们对这个世界的体验总是被预设了的;它深嵌在丰富的象征实践、社会能力和话语储备之中。我们以世界为标准来衡量文学文本

---

[1] Paul Ricoeur, "Time and Narrative: Threefold *Mimesis*," in *Time and Narrative*, vol. 1 (Chicago: University of Chicago Press, 1984).

对真理的论断,但这个世界已经过了故事、形象、神话、玩笑、常识假定、科学知识的残羹、宗教信仰、流行格言等的调节。我们永恒地陷入意义的符号和社会网络之中,它们塑造了我们,并支撑着我们的存在。因而呼唤事物本来的模样,并以此判断文学作品是否是真理的做法,并没有什么意义——这种吃力不讨好的做法剥离了所有的象征化建构和意义建构。

反过来讲,符号的素材是由文学文本塑造成形(configured)的,文学对其进行重塑、重组,使它远离自己先前的用途,让它获得新的意义。因此,摹仿是一种创造性的摹仿活动,而非对文本与体验的机械复制、塑造、提纯和重组。在这里,利科赋予了叙事至高无上的重要性,认为它是我们文化语法的主要成分,是联结人与物、调节空间与事件的媒介物。他反对将故事情节视作未成形的时间性的伪装,指出我们不可能接触到时间"本身",任何认为时间是混乱无意义的设想都是从现代主义的成见之中产生出来的。相反,情节设计不会标示出某种真理秩序的权威,而会欣然接受偶然状况、失败挫折以及复杂而又意想不到的变化。当然,我们可以质疑某故事的政治思想,就像女性主义评论者质疑维多利亚小说的政治思想一样,但我们对政治思想、文学、人类关系、社会结构与人类能动性的互动的设想还是依赖于叙事的逻辑的。①

利科对摹仿论的重新定义开辟了思考再现的新途径,其影响甚至延伸至他对时间性和叙事的关注之外。文学作品使用多种摹仿手段以达到效果,在这之中我想强调的手段有三种:深入的主体间性、腹语术与语言静物写生。在每一种手段中,拟真感(veraisemblance)都是通过巧妙的人工手段、通过求诸形式资源达到的。文学作品重新加工了文化作品,对已被描写的东西进行再描写;从普通语言批判中借一个巧妙的词来说,文学涉及的不是词与物的一致性,而是词语对词语的阐释。②

然而,这种语言的相互指称的网络绝非唯我的或自我封闭的;语言总是不停地指向自我之外,冒险对事物是什么做出论断。我们对语言的运用也与我们生存在这个世界上的状态有关;我们与人和物的联系,与我们认知的实践紧密相连。尽管物质性的现实不能为在同一文化之内和不同文化之间急剧波动的意义建构确立固定的模式,但这些现实还是影响了我们认知的事物和我们认知的方式,它们为我们的概念图式设置障

---

① Ricoeur, *Time and Narrative*, pp. 72 - 74. 同时参见 Rita Felski, "Plots," in *Literature After Feminism* (Chicago: University of Chicago Press, 2003)。
② Kenneth Dauber and Water Jost, "Introduction: The Varieties of Ordinary Language Criticism," in *Ordinary Language Criticism: Literary Thinking After Cavell After Wittgenstein* (Evanston, IL: Northwestern University Press, 2003), p. xx.

碍,或激励我们重新思考自己的信仰。因而,谈及语言的指称功能却不必设想出一种关于真理的对应理论,或假设出一种人类可以直接理解的语言以外的现实,这是完全可能的。利科与罗蒂一样,也喜欢"再描写"这一说法,但同时又不会将对知识与指称的探讨排除在外。文学的再描写之所以吸引我们,不仅仅是因为这种再描写是出人意料且诱惑人的,还因为它会增强我们对事物何以为事物的理解。

利科所用的"作为隐喻的摹仿"这一表述究竟想表达什么呢?克里斯托弗·普伦德加斯特在一条释义中认为,摹仿与隐喻的认知功能类似;它们都是主动揭发的模式、发现程式的模式,以及对世界进行动态再描写的模式。① 隐喻同虚构作品一样,是由反事实的陈述而非真正的事实组成。尽管隐喻唤起了并不存在的事物的状态,但并不能说它是受误导或犯了错误的;它是"看作"的一种方式,让我们用不同的方式看待事物,而非如实地汇报事情原本的样子。隐喻与摹仿的相似之处,在于它们产生新视角的能力、产生看待事物的新的可能性的能力,以及它们用语言再创造一个世界来强化意义的能力。摹仿的修辞属性并不妨碍它成为真理的源泉。与其他研究隐喻的理

---

① Prendergast, *The Order of Mimesis*, p. 21.

论家一样,利科认为,认知与隐喻是紧密相连的,我们要想理解世界,就不得不求诸模型和诗性的类比。文学的摹仿是一种创造模式的强化,这种创造模式早已存在于语言之中;文学的摹仿并不是执迷不悟地进行不偏不倚的复制。

利科的概念图式中摹仿论的第三个要素是变形(transfiguration),即作品对读者的影响。作品只有在被读之时才能获得生命,其所指之物与读者的理解脱不开关系。因此,摹仿论是一种三元的而非二元的结构,其中作品的接受与其生产一样重要。但是变形这一概念暗示:读者是不可知且不可被预判的;他们不能被简单纳入人口学式的统计数据中;他们的存在不是静止的,而是变化的。随着时间的迁移,读者会被他们所读之物改变,正如他们也不免将自己所知道的东西强加于文本。在这里,我们又可以讲一讲体裁的相关性:它不是僵硬的形式规则,而是我们归属于文本的灵活尺度。不管伊迪丝·华顿(Edith Wharton)的作品被认为是社会风俗小说,还是自然主义虚构作品,还是对女性写作传统做出贡献的作品,这些体裁分类肯定会对读者从她的作品中看到的东西产生影响。

实际上,华顿是研究文学与其他知识形式之关系的绝佳案例。《欢乐之家》(*The House of Mirth*)细致地描绘了世纪之交时尚、富有的纽约人的生活方式,讲述了优雅、出身良好的莉莉·巴特家道中落的故事。莉莉喜好奢侈的生活方式,却经济拮据,她在寻找一个富翁丈夫的过程中屡遭挫折,一步步沦落到在肮脏破败的招待所中孤独而死的地步。华顿常被赞为文学人种志学者(literary enthnographer),她致力于描写环境与时间的微小细节,把错综复杂的仪式、潜规则,以及纽约上层社会暗藏的势利、残酷表现得淋漓尽致。她的小说中充斥着尚处于萌芽中的人类学思维以及人类学对文化的构想。她借用人种志的假设来为普通人创造文本环境,把人物置于"礼仪、家具和服装的精心布景中",凸显了小说中的外部世界如何影响和改变人物的内心世界。①

急于为文学的价值辩护的批评者往往喜欢撇开他们所谓的文本的历史层面不谈。"历史层面"指的是偶然和特殊的时间、地点、细节。这一观点认为,即便文学作品能告诉我们有关过去生活的信息,这也不能体现出文学的价值,因为历史学者也能很容易地完成这项工作。换句话说,历史知识不能将文学与其他学科区分开,它不是文学特殊性的源泉或衡量标准,也

---

① Edith Wharton, "Introduction to the 1936 Edition of *The House of Mirth*," in Carol J. Singley, ed., *Edith Wharton's* The House of Mirth: A Casebook (New York: Oxford University Press, 2003), p. 33.

三 知识

不能引起文学批评者认真的关注。查尔斯·阿尔提耶里(Charles Altieri)总结得很到位:"文学对于文化来说太重要了,以至于它不能被看作传递了某种知识;但即便我们对文学再现形式进行过多的分析,我们还是有可能漏掉其独特的品质,并将其视作比社会科学、心理学或哲学次等的学科。"①

但实际上,这种观点常常回避什么是历史知识的问题,又对体裁的特殊性关注甚少。历史知识有可能是取决于而非偏离于文学形式的特殊品质。比如,华顿将我们所希望阅读到的维特根斯坦所称的生活形式,置于显微镜下,再加以描述。《欢乐之家》聚焦的是组成某种文化或亚文化的隐性知识、常规姿态、行为准则和图腾符号。华顿表现了一种语调、扬起的眉头、一次偶遇、聚会邀请发出与否等,如何导致社交上的成功或失败。她探究了情感的结构,勾勒了言下之意的轮廓,捕捉了评估、理解世界的不同的修辞方式和思想游丝,抽象出某文化自我组织的独特原则。我们在作品中辨识出了我们俗称为社会的物体,这种社会不是独特性的反面,而是通过无数独特性的堆积,通过日常事件的不断累积、短暂的观察和微观的判断,来

---

① Charles Altieri, *Act and Quality: A Theory of Literary Meaning and Humanistic Understanding* (Amherst: University of Massachusetts Press, 1981), p. 271.

完成自我再生的。

但是,怀疑论者可能会反驳,这些与历史学家的工作有什么区别呢,尤其是历史学家已经从研究外交调度和世界历史战局转向研究文化历史和人类精神状态?或者说,这与人类学家或社会学家对社会借之自我再生的概念、礼仪和实践的探索有什么区别呢?的确,浏览一下对《欢乐之家》的评论,我们就可以发现对维布伦和马克思的话语,以及对物质文化和女性主义凝视理论的大量引用。学者们努力发掘华顿的作品与这些批评理论、社会科学理论的相似之处。那么,在华顿的小说中,有什么是历史学或社会学作品无法告诉我们的呢?

像《欢乐之家》这类小说展现的是一种社会现象学,一种处理生活世界的特质的方式,它在形式上不同于非虚构作品或理论著述。其中的文本标记,终结了文学和非文学体裁之间没有实质性区别的假定,驳斥了"历史与小说都是语言的人工制品,两者之间无法区分"这样的观点。① 这种论断背后的支撑是对叙事的分析;在文学研究的语言学转向时期,人们普遍认为历史书写转达的并不是未经修饰的对事物本原的记录,而是在很大程度上利用了典型的情节结构和修辞手段。"虚构"一词从

---

① Hayden White, *Tropics of Discourse: Essays in Cultural Criticism* (Baltimore: Johns Hopkins University Press, 1985), pp. 121 - 122.

而具有了新的流通性,成为描述事实性和想象性写作的通用术语,并且通常带有抹掉两种写作之间区别的意图。

尽管历史情节与虚构小说情节有某些共同的特点,但是在话语层面,小说是可以用不同的方式区分开的,比如它最有名的读心能力。第三人称虚构小说让叙事者有了一种认知特权,这在现实生活和历史写作中都是不存在的,即无限制地接触一个人的内部生命。多雷特·科恩(Dorrit Cohn)曾提过这种读心术体验——它广泛存在于现实主义和现代主义文本之中——并注意到其中的奇异之处和缺乏理论分析的状态。虚构是唯一能无差别地探索人的内心世界的媒介,叙事者总能了解其他人物的思想,比了解自己的还清楚。受证据的制约,历史学家只有在被书信、日记和回忆录证实的情况下才能进入人物的内心世界;历史研究的规则要求其他进入内心世界的行为需要被明确标明为猜测性的。有的时候,尽管历史研究会求诸传记,但它采用的是推测和归纳的语言,依据的是参考性文献,与小说的话语有着本质的不同。[①] 正是由于小说在认知上的不可靠性,以及它忽略实证标准与证据限制的自由度,它才能对主体间性的历史层面进行探索,而这一点用其他方式是行不

[①] Dorrit Cohn, *The Distinction of Fiction* (Baltimore: Johns Hopkins University Press, 1999).

通的。

例如,在《欢乐之家》的开头章节,华顿操纵着她的主人公莉莉·巴特历经一系列启发性事件:在火车站偶遇她的朋友劳伦斯·塞尔登,在塞尔登的公寓喝下午茶,从塞尔登家出来后碰到了另一个朋友——银行家西蒙·罗斯戴尔并与他尴尬地聊天。文本在内心和外部世界之间往返,将社会记录与小型的认知、反应事件相结合,为我们提供了独特的视角。对莉莉的第一次描述是从塞尔登的视角出发的。塞尔登一边跟她在大街上走,一边偷看她的表情容貌:"她小小的耳朵的形状,她头发向上卷曲的波浪——她头发的光泽是做出来的吗?——还有她浓密笔直的黑色睫毛。"我们被带入一种特殊形式的"看",一种对女性身体部位的审视和评述。这些认知的短暂片段继而变成半清醒状态下的阐释与评价的混合:"他恍惚地觉得,她一定是花了不少钱才变成现在的样子,一定有许多笨人和丑人以神秘的方式牺牲自己才造就了她。"华顿的女主人公从一开始就被置于交换经济关系网中,即一种对投入与产出的计算,这与她在她的仰慕者心中唤起的欣喜感是紧密相连而非分割开来的。①

---

① Edith Wharton, *The House of Mirth*, ed. Martha Banta (Oxford: Oxford University Press, 1994), p. 7.

塞尔登的沉思让我们了解了不少关于莉莉的信息,但也有一部分是关于他自己的:他的沉思一开始指向的就是一种社会系统;这个系统把某一阶级的未婚女人置于一个具体又极其局限的活动范围之内,他的沉思同时又使这种社会系统充满了半意识状态的感知、不可靠的阐释和系统中不同个体之间的互动。我们意识到莉莉把自己搬上了舞台,成为一个精致的艺术对象,同时我们也意识到塞尔登的倾向性使他对莉莉的审美特质做了一番歪曲又超脱的评估。换句话说,我们所看到的莉莉是通过别人的视角看到的,她被编织进了一张网中,这不仅是话语与社会规范——它们操控着历史批评者的关注点——之网,还是微妙的联系、串通好的凝视、羞耻或生气时的脸红、圆滑的逃避和意味深长的沉默、欲望或厌恶等编织的网。我们可以借用娜塔莉·萨洛特(Nathalie Sarraute)的话,称之为"趋向性"(tropisms):对认知与情感、反应与参与的秘密编排,在社会领域内外演出。

因而华顿的小说带给我们的不仅仅是人类学的认知,还有现象学的认知:文学对世界如何创造自我的描绘,还有对自我如何感知并回应由其他的自我构成的世界的描绘。她的作品不受准确性证实的束缚,可以自由地描绘瞬间的表现、半明半晦的感知、关注焦点的转移、下意识的亲近和远离的动作:所有转瞬间的和很少被表现过的意识与交流形式，它们塑造了社会互动的本质。乔治·布特(George Butte)创造了"深入的主体间性"(deep intersubjectivity)这一表述来指代这种对微妙的感知迷宫、浑浊与透明的交替模式的捕捉，正是通过这种捕捉，人们才能感知他者并被他者感知。深入的主体间性既不会把人再现为唯我的启蒙主义单胞体，也不会把人再现为空洞的语言能指符号；它会把人再现为嵌入世界中的、具体的能动者，经过中介作用的调节但保持了独特性，且产生于符号交换的流动之中。我们被拉入了人们互相凝视或逃避他者凝视的世界，在这个世界中潜藏于口头语调和语调变化之下的还有隐含的对话，并且不同的身体在空间中相互环绕、相遇。①

对主体间性的这种描述方式引起了更广泛的理论与哲学回响。例如，它揭示了其与维特根斯坦、卡维尔对了解别人思想的可能性的思考的相似之处。② 但它也丰富并深化了我们对历史与习惯、对精神状态与社交活动模式的感知。阅读这一活动常会让读者经历一次跨越时间的跳跃——一次从某种时间

---

① George Butte, *I Know that You Know that I Know: Narrating Subjects from Moll Flanders to Marnie* (Columbus: Ohio State University Press, 2004).
② 例如，可参考 Carol de Dobay Rifelj, *Reading the Other: Novels and the Problem of Other Minds* (Ann Arbor: University of Michigan Press, 1992); Martha Nussbaum, "The Window: Knowledge of Other Minds in Virginia Woolf's *To the Lighthouse*," *New Literary History*, 26, 4 (1995), pp. 731-753。

框架和文化敏感性中转移到另一种的不稳定体验。这种跨越历史的相遇与我们眼下不同种族文化的相遇一样让人苦恼；那我们该如何处理这种跨历史相遇的细节呢？

深入的主体间性的技巧使我们可以实例化地"从内部"了解一个特定社会；我们可以了解进入某种特殊习俗是一种什么样的感受，可以体验一种把世界万物的存在当作理应如此的感觉，可以沉浸在一种生活方式当中。通过关注被言明和未被言明之事的特性，通过阅读表情与动作，通过关注讲了一半的想法和萌芽中的感觉，我们会逐渐适应乍看上去让人疑惑或看不透的不同点，适应可能会吓到我们的突兀之处。《欢乐之家》描述的不仅仅是社会歧视与评价的网络，它还通过输送给读者无数的例子让他们熟悉这种评价背后的逻辑，熟悉这场游戏的规则。华顿在作品中丝毫没有表现出对她所描述的社会习俗的赞同——她对纽约当地文化的态度是批判的，甚至是嘲讽的。通过深入的主体间性的技巧来模拟不同的生活形式，《欢乐之家》也使读者与过去的文化保持距离——将过去的文化武断地评判为落后和愚昧——的尝试失败，因为它让读者离过去的文化太近了。

从这个意义上看，尽管华顿的小说不能代替马克思和维布伦的理论诊断工具，也不能被它们代替，它以不一样的形式向我们展现了另一个社会。它打开了阿尔弗雷德·舒茨(Alfred Schutz)所称的社会环境的意义语境,它展现了另一个世界的意义感,正如生活在其中的居民所感受到的一样。① 作为一种认知方式,它与经典的认识论观点背道而驰——并非对独立的特定现实的正确再现。对社会交往的微妙之处的关注常常被认为是女人所擅长的,也常常被草率地认为是凭知觉、感觉或太主观的。作为一种传达给读者的与语境息息相关的知识,它更像是熟悉(connaitre)而非懂得(savior),更像是"看作"而非"看到",是通过习惯和熟识,而非通过指导来学习。然而,此处的矛盾在于,真实感是通过人工技巧获得的,是文学在认识论上的破格使其传达出一种对事物何以为事物的独特的多层次感知。在这个意义上,读者有时对想象的人物产生的反应——我们比了解现实中的人物还了解他们——也就不是一种幼稚的误判了,而是一个非常正确的感知,而培育这种感知的是主体间性的模拟,它为进入其他人的心灵世界以及接触其互动的潜在复杂性提供了独一无二的通道。

当然,这种社会现象学的推测性实践也可能失败和犯错,有时候还会犯大错。不难想象,有时作者试图读心,却写得并

---

① Alfred Schutz, *The Phenomenology of the Social World*, trans. George Walsh and Frederick Lehnhert (Chicago: Northwestern University Press, 1967).

不真实,或者有的时候由于困惑或不重视,原本对动机和举止的微妙描写却停在了某些内在性的门槛之前。有一部分人曾被描绘成社会寓言的主角,或被认为没必要进行细察,其中有仆人、非西方人,还有工人阶级。这些人在虚构作品中长期处于次要地位,他们的社会地位常在美学作品中得到负面的评价。所有虚构作品对人格的描写,都是由无知和洞见的动力驱动关系塑造的,这一点看上去毫无争议。然而,在一篇颇具独创性的论述中,艾利克斯·沃罗奇(Alex Woloch)认为,小说这种明显的对不同人的不平等的关注度,对主要和次要人物的不成比例的空间安排,并不是对流行偏见的盲目默许,而是对其的揭发与评论。虚构作品对某些人物的抹杀或不平等对待是小说表现和反思社会等级秩序的普遍性的方式。[1]

追溯主体间性的心理动力是小说表现其现实关怀的一种方式。但其使用腹语术的才能、摹仿习语的才能、钻研方言的能力、摹仿不同说话风格的下意识动作和癖性的能力又该如何理解呢?摹仿与拟态(mimicry)很像;后者依赖于视觉类比,也包括口语摹仿、书面语言摹仿以及口语和听觉联想。文学文本常包含对多种声音和异质性语言的表现,它从他处偷来词语,

---

[1] Alex Woloch, *The One vs. The Many: Minor Characters and the Space of the Protagonist in the Novel* (Princeton, NJ: Princeton University Press, 2003).

从而魔术般地使这些词语从自己口中说出。文学把自己浸没于语言风格与语用方式的大海之中，关注特别的和符合某类人群用语习惯的用词，强调韵律和节奏、口吃和重音，强调某种语言方式的类触觉、可感知的特性。文学迫使我们思考的方式之一，就是操演口语的精湛技巧：它要求我们调整自己的思维，来适应不同的用语和表达模式。而不同的用语和表达模式包含的正是人们理解自身体验的不同方式。

这种观点让我想到了被讨论过太多次的巴赫金理论中的复调（polyphony）和众声喧哗（heteroglossia）。但是在当下的批评话语中，这两个主题往往被除去固定的内容，并且被稀释成关于小说形式的对话性和颠覆性的陈词滥调。众声喧哗描述的是语言的差别与社会意识形态的差别相吻合的时刻，是历史的划分在特殊词汇、语法和风格的变形中被表现和表达出来的时刻。[1] 这种话语可以凸显社会分层的模式，迫使我们看到语言的差别如何与政治差别相匹配，词语如何参与到不对称、不平等的世界当中。腹语术由此转变成一种间接而有力的社会评论。

尽管试图使用非标准英语的文学作品一度被认为是反常

---

[1] Ken Hirschkop, *Mikhail Bakhtin: An Aesthetic for Democracy* (Oxford: Oxford University Press, 1999).

的,比如在叙事者的正式语言框架中加入叫卖的小贩或出租车司机的唠叨,但今日的作者已完全能接受各种各样的习语,将读者浸没在不同种类的"奇怪英语"中。[1] 我们只需想一想拉什迪夸张的盎格鲁-印度风格,或者欧文·威尔士与詹姆斯·科尔曼那充满污言秽语的作品,便知一二。这些不同的用语并非被安全地限制在一个虚构宇宙之中,它们强有力地宣示着自我,读者也努力地理解那些不熟悉的个人习语,努力克服看似古怪反常的表达方式。这种选择性的、区别出人与人的社会地位的修辞——如多丽丝·萨默所言——将得意自满、没有耐心的读者拒之门外,突显文化与政治的不对称如何阻碍或阻断交流的进行。它的意义并非宣示认识论上的危机,而是表明知识的形式与独特的思考方式、无法被翻译的讲话方式紧密相关。[2]

澳大利亚作家蒂姆·温顿(Tim Winton)曾经关注过在全球化市场中写作的困难,因为英国和美国的编辑催促他少用一点他那儿的习语以提升市场推广度。"我总是想用澳大利亚方言;直到这些方言变得寻常,并有了诗意,"温顿在一次采访中

---

[1] Evelyn Nien-Ming Chi'en, *Weird English* (Cambridge, MA: Harvard University Press, 2005).
[2] Doris Sommer, *Proceed with Caution, when Engaged by Minority Writing in the Americas* (Cambridge, MA: Harvard University Press, 1999).

说道,"这股潮流在文学中一直都有,但在过去的十五年中,我们都急切地想变得国际化,急切地不想让任何人失去兴趣。"[1]尽管这种对当地方言的运用可能会让一部分读者看不懂,但它也使温顿成了澳大利亚文学中的显赫人物,由此澳大利亚文学也对探索自己的民族和地区身份有了日益浓厚的兴趣。正如他的话暴露他出身的地区,证实了他的澳大利亚血统,他的话也证明了诗歌语言与日常语言不能二元分割。工人阶级生活的缩影正是通过精巧的语言手段才得以展现出来;被描绘之物与描绘它的词语不可分割;浸没在当地习语的味道和肌质中成了了解并理解那种生活方式的前提。翻开一本温顿的小说意味着读者被迫意识到语言的厚度和在场感,这既是一种障碍,也是进入另一个世界的通道。我们面临的是社会现象学的语言层面,对生活世界的理解与描绘这个世界的词语是分不开的。

在温顿的小说《云街》(*Cloudstreet*)中,矗立着一栋神秘的有生命力的房子,它可以叹气,可以呻吟,可以发抖。小说中的人想离开这栋房子,最终却总是会回来。小说的背景是20世

---

[1] Richard Rossiter, "In His Own Words: The Life and Times of Tim Winton," in Richard Rossiter and Lyn Jacobs, eds., *Reading Tim Winton* (Sydney: Angus and Robertson, 1993), p. 11.

纪40年代到20世纪60年代的珀斯。它围绕着两个家庭展开：皮克尔家和兰姆家。他们住在一栋摇摇欲坠的老别墅的两个半边里，这房子是皮克尔家意外继承到的。我们可以把语言视作这部小说中的另一处居所，视作为居民遮风挡雨、把居民聚集起来的力量，这并非一种牵强的想法。这座房子的砖瓦是方言、土语、俗语、澳大利亚性、随意的观点与陈词滥调，它们共同组成了一种熟悉又陌生的体验。温顿通过腹语术展现当地人喜欢用缩略语①，喜欢用俚语②；其语言中充满了关于该地区的指称（澳新军团酒吧、弗里曼特尔足球俱乐部、笑得像只凤头鹦鹉）。有的时候，拼写和重音也会发生变化，以模拟当地人的口音和音调。③ 但《云街》绝不是对当地口语进行逐字记录的文本，也不是一份人种志文献。用利科的话说，温顿重新配置了日常语言，他把听来的词语拿来并加以改变，使之经过了筛选、浓缩和格式化等流程。④

在这里，句法和结构是起决定性作用的；语言分散地喷洒在纸面，由断奏音和支离破碎的模式组成的文本之网塑造了一

---

① 原文举的例子是澳大利亚方言 beaut（美女）和 journo（记者）。——译者注
② 原文举的例子是澳大利亚方言 dunny（茅房）、chunder（呕吐）、grog（烈酒）和 ratbag（怪人）。——译者注
③ 原文举的例子是"Its orright, Fish. / Doan cry"。——译者注
④ Tim Winton, *Cloudstreet* (New York: Simon and Schuster, 1991).

种直接切入正题的直率感。常与澳大利亚工人阶级相关联的唐突直率被有意地放大了，并被转化成支配一切的美学手法；人物的对话由简练的交流方式组成，每一个人说的话不过两三个单词，但这样的对话绵延了一整页——像是在白色的海洋中搁了浅，又像是从日常对话的碎屑中聚拢成的诗。温顿小说的大部分内容都是围绕并置的对话和间接的引语片段展开的；这些对话常不点明说话人是谁，因而很难分清谁在说话，也很难根据口语特点将不同的说话者区分开。这种效果更类似于匿名的古希腊合唱队的集体智慧；而不像现实主义小说那样，每个人物的个性都很分明。因为温顿的小说中没有引号，所以对话、描述、叙事者的评论等元素都混在了一起。叙事者的话和他所讲的故事中人的话也混合了起来。一个场景切换到下一个场景时，人物常被简洁地唤作"他"或"你"，而没有任何解释：词语神秘地像是凭空变出来的，不带任何身份和归属者地浮现出来。

温顿对地方语言和日常体验的描写不符合描述这种生活的通常规范，它没有人种志的那种傲慢态度。后者常把对穷人的描写放入特定的框架之内。穷人被毫无新意的社会因果论计算方式蛮横地定义或调遣。阶级与文化的微妙差异通常会在人们说话或保持沉默的方式中展现出来，但《云街》中的工人阶级却始终保持着他们的神秘感。兰姆太太不知为什么从家

三　知　识

里逃了出来,在后院扎了一个帐篷,当作自己的家;这家的猪好像可以说人话;好几个房间里住的似乎都是幽灵和奇怪的力量。形而上与形而下的存在混合在一起,神圣于日常中展露出来,而当地习语也展现了它的喜剧性、美和奇怪之处。

"你能不能看一眼河边的我们!"温顿开篇写道,"我们这一群闲不住的人在铺开的毯子上,在这轻柔、咸咸湿湿的阳光中,嬉笑嘲弄了一整天;这是晴朗、洁净、愉快的一天,在这美好的世上,在我们的生命过了半截儿的时候。"我们毫无预兆地跌进事件当中,被拉入一段口语对话或是独白中。但是其后的内容却不似开头的这一句般平淡无奇:"一群"(mob)是澳大利亚日常英语中用来指代自己的一个普通词语;"轻柔、咸咸湿湿的阳光"(dreamy briny sunshine)一句虽然简单,却也有几分诗意;还有,嘲弄(chiacking)又是什么意思;紧接着出现了神秘的"烈酒"一词(staggerjuice,"这儿有姜汁啤酒、烈酒,还有盛着茶的热水瓶"),读者才开始感觉到温顿添加了太多的澳大利亚英语元素,他使用了晦涩或老式的澳大利亚用语来表明观点。但他的大致观点表现得很明显;口语表达的混合很好地表现了他对日常土语的运用与乔伊斯式文字游戏的不同。就像几个主人公的奇怪外号表现的那样,日常语言充满了奇怪与超现实的元素。

温顿再创造出一种生活方式,但这并非通过探究人们的感受达到的,而是通过将我们浸没在他们的讲话方式中完成的。他对内在世界的慎重细心与他塑造的人物一样。人物的对白简洁、不带感情,有时戏谑,有时唐突,时而会有大声的辱骂和简短的妙语。《云街》带领读者在语言摹仿中穿行,使读者沉浸在游离于标准英语之外的习语之中。这些习语表达了普遍流行却隐藏于无意识之中的体验——文化语法——某些生活正是存在这些体验之中。语言获得了丰富的审美性,获得了一种具体的语调,呈现出其深深植根的特殊社会环境。这是由独特的语言形式传达出来的社会知识;它不是对本土表达的盲目摹仿,而是对这种展现新意义的表达方式进行的带有个人风格的再创造。

现象学常被认为是关于事物的哲学,是一次耐心、有目的的向物体的转向。文学文本可以教给我们哪些关于事物的社会共鸣的知识呢?艺术作品如何使我们转向物质世界?在不久之前,被诗或散文捕捉到的物体总是会在批评者的手中蒸发或去物质化,失掉其坚实的固体性,被放置到其应有的位置中,成了指向其他能指的符号。文学理论家对任何认为词语指向的是物质实体的草率看法都会加以谴责,他们认为这种对语言的看法是退步和愚昧的。但现在,物体又获得了新的关注。尽管词语无可争议地会与其他词语相联系,但现在批评者退让了,他们也会谈物体的神秘生命,揭示出词语所指向的不会发声的物体。

谈起19世纪的小说,我们立刻想到的就是,它是物体的档案库,是一种沉迷于对物体进行列举、分类、记录、描述和累积的体裁。彼得·布鲁克斯(Peter Brooks)在其最近的对现实主义小说的重新评价中称,现实主义小说的主要任务之一就是完成一份现象学式的世界清单。他写道,我们谈起现实主义来,绝少不了它记录物体重要性的野心——其中包括实物、居所、配件——人们正是生活在这些物体之中。[①] 翻开巴尔扎克、狄更斯或左拉的小说,读者定能与物体的丰饶相遇,也能与商品的全权代表相遇,这些物品的历史独特性和强烈的物质性也在小说中被列举和释放出来。布鲁克斯提出,人们对物质文化和日常生活日益增强的兴趣让我们可以更好地理解19世纪小说家的雄心壮志,而不会像极端现代主义那样傲慢地对待装满了太多古玩和物品的维多利亚小说。

伊莱恩·弗里德古德(Elaine Freedgood)对日常物品的看法没有这么乐观,她认为小说与物品历史的关系是受到限制和被妥协的。小说草率地让物品屈居于主体下,强迫物体成为人物的隐喻式扩展,故而它呈现给我们的只是对物品的撩人一瞥

[①] Peter Brooks, *Realist Vision* (New Haven, CT: Yale University Press, 2005), p. 210.

和节略的历史记述。小说看待物品的眼光是故意为之的近视,它模糊处理了《简·爱》中隐藏于非洲桃花心木家具之下的肮脏冲突与侵略行为,也模糊处理了《远大前程》中出现的烟草。弗里德古德要求我们从字面意义上理解这些物品,用转喻而非隐喻的方式阅读,跟随小说中的物体揭开小说的掩饰,捕捉物体复杂的历史。①

我们在消费和生产两个领域之间该如何抉择?或者更具体地说,在现象学和政治经济学两个领域之间该如何选择?一个物品的含义是与其制造的历史绑定在一起的吗?还是存在于它被赋予的意义当中?关注一个物品的感官特性以及它明显的外表,意味着忽略把它带到当下的生产与交换过程。卢卡奇曾总结道,描述总是阻碍或威胁着叙事的存在。具有政治思维的批评者常严酷地对待如诗如画的生活,指责它掩盖了历史,否认了偶然性,并使时间停驻。但我们停下来全心全意关注一件物品之时,我们也会有所收获。不同的观点之所以会聚集到"物的理论"中,是因为人们感觉谈论物的最可靠的批评话语——马克思主义——对其谈论的对象太过严厉了。物化和恋物癖给了物体一个不好的名声。

---

① Elaine Freedgood, *The Ideas in Things: Fugitive Meaning in the Victorian Novel* (Chicago: University of Chicago Press, 2006).

巴勃罗·聂鲁达(Pablo Neruda)在《物颂》一诗中写道："我有着疯狂的/疯狂的对物的爱。"他接着写道："许多物品一起/向我讲述全部的故事。/它们不仅触碰了我/又或许是我的手碰到了它们;/它们离得这样近/以至于成了部分的/我/它们对我来说如此生动/与我分享一半的生/也与我分享一半的死。"① 他带着怀疑的眼光去审视只有自然现象和活着的生物才值得我们投入情感这一观点,唤起了一条"不可挽回的物体之河",对充斥在我们生活之中的日常物品和大批量生产的产品进行细察,对顶针和刷子、花瓶和帽子表达赞叹。尽管聂鲁达终生都是一位共产主义者,但他没有把商品看作现代异化的典型寓言,而是看作充满了意义的物体和不能简化的他者,同时又深深交织在我们的存在之中。他提到了"我在暗中觊觎的/物体",承认自己被物体诱惑、迷惑、迷住:"那个是因为它深海般的颜色/那个是因为它丝绒般的触感。"在他出版于20世纪50年代的几卷诗集中,他对最普通、最不起眼的物体表达了敬意:剪刀、一双袜子、洋葱、椅子、西红柿、勺子、肥皂,还有薯条。

当然,诗歌总是努力接近物体,去摹仿一种静止不动的物体,去模拟一种坚实感和镇定感。当一物显明另一物之时,我

---

① Pablo Neruda, *Odes to Common Things*, trans. Ken Krabbenhoft (New York: Bulfinch, 1994), pp. 11-17.

们看似是完成了物化过程,并使一种审美表达彻底剥离了其社会共鸣和历史印迹。对德国人所称的咏物诗(Dinggedicht)的研究,即对从赖内·马利亚·里尔克(Rainer Maria Rilke)到威廉·卡洛斯·威廉姆斯(William Carlos Williams)的研究,常常会强调其赫尔墨斯神智学意义,即它与一种轮廓分明、滴水不漏的静止所有运动和时间之流的结构之间的联系。然而,这种诗学与讲故事并非对立。莎拉·阿米德(Sarah Ahmed)称,现象学在对奇观的观察中不一定会排斥历史,它反而有可能使历史获得新的生机。她写道:"将物体视作陌生之物并与其再相遇,并非忽略其历史,而是拒绝因忽略物体本身将其历史化。"①诗歌的禀赋即在于它对物体之物性的别无旁骛的关注,这种关注反而会使物体重新获得生机与活力,将之从遗弃与荒废的深渊中拯救出来。

比方说,在貌似正经实则戏谑的致"大剪子"的颂歌中,聂鲁达向剪子这种无处不在的工具致敬;他所关注的美正是依附于剪子的功用之上的,而非与其功用对立。他揶揄的观点显示出剪子奇怪的二元一体特质:"两把长长的、奸诈的/刀/交叉并绑在了一起/直到永远/两条/细长的河流/交错。"继而两条闪

---

① Sara Ahmed, *Queer Phenomenology: Orientations, Objects, Others* (Durham, NC: Duke University Press, 2006), p. 164.

闪发光的铁片又在我们的注视之下变成水银般的生物,似一条"鱼在起伏的布条上游走/一只鸟/飞翔在/理发店里"。它机敏灵动,伶俐迅捷,"剪刀/去过/所有的地方/它探索了/整个世界"。剪刀这种日常物品与人类生活紧密相连,是人类的伴侣,却又对人类保持着漠不关心的态度;它是联想与记忆的宝库,身上有着使用者的印迹,带着使用者的气息,是对无数的行为活动与未被言说的历史的见证。剪刀在历史中穿行,它修过指甲,剪过国旗,理过头发,摘过肿瘤;它与人类生存史上的里程碑事件紧密相连,"剪过喜,剪过丧/给新生的婴儿,和医院的病房"。在一番细察之下,一件凡俗的物品因其无处不在而变得不朽,像眼睛或牙齿一般不可或缺,成为卷入文化无休止的象征性与实践性活动之中的一个义肢。①

这些关于肥皂和剪刀的巧妙质朴的诗歌与其之前的作品有巨大的不同之处。以前的诗歌,如聂鲁达的《栖息》(Residence Poems)②,总是充满了关于存在的痛苦和绝望的可怕幻象。聂鲁达对日常之物的颂歌标志着与现代主义的可鄙之物这一主题的背离;它们与萨特的《恶心》(Nausea)中将主人公拉入深渊的恶毒之物相比,是另一番世界。现代性中的物

---

① Neruda, *Odes to Common Things*, pp. 89 - 95.
② 此处指聂鲁达的诗集《大地上的居所》(*Residencia en la Tierra*)。——译者注

常被拿来当作忧郁症和恐惧症的源泉,体现了物质世界的模糊性以及物质世界对被容纳进我们概念图式的反抗和拒绝。相反,聂鲁达的物既不尖刻又不具有威胁性,它更倾向于顺从而非对立,它在我们之中筑巢,像是略显古怪的宠物,或是爱好交际的外来物种。用道格拉斯·毛(Douglas Mao)的话说,日常之物的颂歌避免了现代性将物体视作上帝或货品的一分为二的做法,避免将其用作对商业文化丧失已久的丰饶或退化迹象的精神提醒。[1] 相反,我们被引导着去思考物在其肮脏、凡俗的状态之中的价值;它们有其不可抛却的使命,这种使命既与人类无关,又不排斥人类,而是卷入了与其主人的共生和社交联系之中,它们是我们从生到死永远的伙伴。聂鲁达的颂歌——在评论者和普通读者那里都获得了显著的成功——没有因为了解物本身的不可能性而表现出苦恼,而是解析了出现在我们面前的物和日常物品的现象学;这些物品在其重新被发现的亲近感与存在之中显得既熟悉又神秘。

这样一种现象学倾向使得诗歌可以绕开支撑着传统认识论的主客体二分观念,也引出并扩展了我们与这个世界的关

---

[1] Douglas Mao, *Solid Objects: Modernism and the Test of Production* (Princeton, NJ: Princeton University Press, 1998). 同时可参考 Peter Schwenger, *The Tears of Things: Melancholy and Physical Objects* (Minneapolis: University of Minnesota Press, 2006)。

联。我们重新发现了我们所认识的事物,但这次它们被重新整理和描述,并以新方式焕发光彩。① 在这里,我们又一次看到了塑造成形这一行为如何利用了一系列形式手法,而我们也不再将形式手法理解为文学性的特性,而是一系列灵活的排列组合和潜在可能性。聂鲁达将词语剔得只剩秃骨,将其简化为稀疏的名词和稀松平常的形容词;诗行是缩略的、破碎的、不连贯的,常常只有一两个词这么长,就好像被他所提到的剪刀剪过了一样。这种简洁的风格突显了物的局限性;正如其描述的物一样,聂鲁达的颂歌短小便携,它们"可以放在口袋里/平整折叠起来/像/一把/剪刀"。这些诗句极其俭省,几笔描述出洋葱和袜子等的特质,其形式与功能相呼应。原来,真正地看到一个物体需要的可能是词语的缺席,而非词语的堆砌;需要的是经巧妙排列来突出细节,而非详尽的总结或百科全书式描述。这些诗歌通过其典型的简洁提醒我们,构成认知活动的既有被提到的,也有被忽略的,两者同样重要。

总之,我们可以说,缩略与不完整萦绕在我们作为作家或批评家所做出的努力中。我们并非站在理论的安全立场上来

---

① Simon Critchley, *Things Merely Are* (London: Routledge, 2005); Rosemary Lloyd, *Shimmering in a Transformed Light: Writing the Still Life* (Ithaca, NY: Cornell University Press, 2005).

评估文学的谬误,而是被要求着去检视各种体裁的说服力、可信度与连贯性。每一种体裁,无论是虚构作品还是纪实作品,诗歌还是戏剧,都创造出一系列的图式;它拣选、组织和塑造语言以达到某种标准;它提供了看待事物的某些方式,又封锁了看待事物的其他方式。每一种体裁都由各种各样的盲点和洞见组成,这是理论文本和想象性文本的通病。换句话说,在挑别人的错之前,我们应该先自我反省。

我们通过不同的参照系来进入不同的世界,但这并不意味着我们要抛却所有的批评和评价标准,也不意味着这些世界是完全异质性的或无法相容的。任何对主观和客观知识、意识形态和科学、文学和理论的明确划分,最终都会土崩瓦解。艺术作品不应该再被挡在贡献知识或促进理解的门外。[①] 例如,回到伊格尔顿的《批评与意识形态》,我发现其中充斥着苦恼的模棱两可的话:奥斯汀与狄更斯的作品被认为提供了"某种历史知识""一种知识的类似物""某种近似于知识之物"。1976年的伊格尔顿像其他马克思主义批评者一样,不会直接认可文学是一种知识形式这种论调,尽管他承认正是因为奥斯汀的小说而不是历史唯物主义作品,人们才能详述"伦理话语、人物的辞藻、人

---

① 参见 Nelson Goodman, *Ways of Worldmaking* (Indianapolis: Hackett, 1978), p. 102。

三 知识

际关系仪式或习俗仪式"的细节,这些都极具启发性。①

将文学文本视作深刻见解的潜在来源并不是说文学文本不会误导人或将事物神秘化:文学文本是世俗之物,其理解世界的机制难免出错,并非完美无瑕。我想强调的一个观点是,文学不可因其想象性或虚构性的体裁,被自动排除在认知活动之外。文学文本所包含的真理存在于不同的掩饰外衣之下。在这一章中,我关注的重点是文学是一种社会知识形式,我认为文学的这种双重作用不应该被视作互不协调、互相矛盾的。我们从文学文本中获取的对俗世的深刻理解并不是一种派生物或赘余物,也不是历史学或人类学的残羹冷炙;这些深刻理解因一系列独特的技巧、规范和审美而成为可能。文本通过它对社会互动的微妙描绘、对语言习俗和文化语法的摹仿以及对物之物质性的直白关注,将我们引向想象出来的而又充满指涉的世界。文本不仅仅是再现,更展现出重要的社会意义;文本不仅仅通过其自身展现,还通过其对读者的呼告,具体地表现了梅洛-庞蒂所说的我们存在的本质上的互相交织性(interwovenness)。文本的虚构和审美维度并不能证明其在认知上是失败的,而应该被理解为其认知力量的源泉。

---

① Terry Eagleton, *Criticism and Ideology* (London: Verso, 1976).

四　震惊

震惊在象征意义上是现当代文学研究的核心。虽然它在艺术理论和文化批评中无处不在,但在文学研究领域它并没有得到广泛使用。是因为它看起来太幼稚浅薄,让人想起了连环车祸、恐怖电影或过时的朋克乐手吗?或许是因为它过于粗俗,与文学反应的间接性本质相抵触。批评者小心地绕开震惊这一主题,他们偏好通过间接、谨慎的方式接触它。在讨论文学扰乱人心的能力时,他们往往会使用越界、创伤、陌生化、错位、自我破碎和崇高这样更具象的词语。这些术语有其具体的应用之处,其背后的动机往往错综复杂,同时又负担了太多的理论包袱。取自日常生活中的词语可以使我们对文学的重要性与影响的理解更清晰、使之不再僵化,也不再缺少依据。

震惊指的是对令人吃惊、痛苦甚至恐惧之事的反应。在应用于文学文本之时,它的内涵比海德格尔所推崇的冲击(Stoss)一词更加粗暴直接。海德格尔认为使某物成为艺术作品的是它对意识的一击,是它与人们所熟知的指涉框架的断裂。① 用我们即将详细讨论的几个词来说,震惊是一个有选择性的描述词,而不是审美陌生化的同义词,它可能更适用于某些文本,但不适用于另一些。我的论断与现代主义者共鸣较多,而与维多利亚主义者共鸣较少,尽管现代艺术绝不是仅有的能扰乱人心、使人心绪不宁的流派。当然,根据文本的"震惊价值"来排名,其结果将会是荒谬、偏颇、反常的,但是在我的阅读经历中——我绝非独一无二的此类读者——暴力和违抗不成比例地突出。

我想到的是我第一次读到《马拉/萨德》(Marat/Sade)时的情境。彼得·魏斯(Peter Weiss)的这部戏中戏展现的是萨德侯爵在其被关押的沙朗通精神病院导演的一部关于法国大革命的戏剧。剧中,一位狱友扮演的让-保罗·马拉一边在浴缸中等待被夏绿蒂·科黛刺杀,一边与萨德侯爵辩论大革命的意义与目的。这场哲学论争把马克思同弗洛伊德对立起来,把雅各宾革命激进派同对人类非理性的坚定主张对立起来,其中游走着各式各样抽搐痉挛的病人、色情狂、梦游症患者,还有穿着紧身衣的大吼大叫的男人,重演了大革命血腥历史中的关键

---

① Gianni Vattimo, *The Transparent Society* (Baltimore: Johns Hopkins University Press, 1992), pp. 47 - 51.

时刻。最后,对艺术之治愈功能的做作信念宣告破产,精神病院的病人掀起了一场癫狂混乱的反抗。"革命,革命,交配,交配"①,他们的反抗被护理员粗暴地镇压下来,而萨德侯爵则带着厌世的眼光饶有兴趣地看着这一切。

我本科书单上的其他作品也同样令人吃惊。在《终局》(*Endgame*)的开头,我们进入了一场后末世噩梦,一个被剥去意义和言语、使人感到幽闭恐惧的世界,在这里,没有双腿的父母被塞进了垃圾桶中。在贝尔托·布莱希特的《措施》(*The Measures Taken*)一剧中,一帮煽动革命的人冷静地讨论是否要射杀他们中的某个人,因为这个人与生俱来的善心是他们举大计的阻碍;该剧的结尾不带感情地描述了这个人如何被处刑,后被扔进坑中。翻开《恶心》一书,映入眼帘的是深怀恨意、憎恨人类的叙述者,他向这个世界呕吐出怨恨,他被存在之无法缓和的恐惧,被沸腾着不断繁殖的存在之群的恶心牢牢钉住,无法移动。

与此类文本相遇的感觉就像脸上挨了一巴掌;智力上也受到本能的刺激一击。毋庸置疑,这都是极端的文学,是福柯与其他人所说的"限制体验"(the limit experience)的文学。它是

---

① 原文是押韵的两个词:"revolution"(革命)和"copulation"(交配)。——译者注

四 震惊

唯我论、疑心病、残酷、绝望的混合体,在这里,日常生活中常见的支持和安慰都被无情剥夺。多亏了这份书单的启发,我才明白韦恩·布思(Wayne Booth)和玛莎·努斯鲍姆(Martha Nussbaum)所提倡的"书籍是我们的朋友"一语不符合我的直觉;书有许多非凡的特质,但它绝不是友好的。莱昂内尔·特里林(Lionel Trilling)的论断更有道理一些:现代文学是暴力和辱骂、精神错乱和毁灭的文学,是对文化的根基进行的一次毫无保留的全力攻击。①

特里林的文章是四十多年前写的,在当时的哥伦比亚大学英语系,想要开一门关于现代主义的课程还是会引起人们的非难。现如今,人们总感到自己生活在非常不一样的时代,即文学不再与震惊联系在一起。比方说,以下是弗雷德里克·詹明信对后现代主义的著名论断:"乔伊斯和毕加索不仅不再看上去奇怪且引人反感,他们还成了经典,现在看来,他们的作品还有些现实色彩。同时,现当代艺术的形式和内容鲜有什么是现当代社会所鄙夷和不能容纳的。"②詹明信将现代主义的爆炸性影响以及它最初对社会禁忌和习俗攻击时的蛮横无理,与我们

---

① Lionel Trilling, "On the Teaching of Modern Literature," in *Beyond Culture: Essays on Literature and Learning* (New York: Viking, 1965).
② Fredric Jameson, "Postmodernism and Consumer Society," in Hal Foster, ed., *Postmodern Culture* (London: Pluto Press, 1983), p. 124.

迟钝的感受力并置在一起。我们现在对震惊已经免疫了,以至于震惊本身成了常规;我们居住在一个经历着疯狂变化、有着狂热节奏的世界,我们浸没其中的文化被对新奇和刺激的要求驱动着。如果说革命氛围现在来看是一种风格优势和市场优势,如果说越界已成了卖运动鞋的常用词,如果说点击鼠标我们就能接触到大量的反常行为,那么先锋艺术的事业肯定不可挽回地走到了尽头。在此情况下,震惊也不可挽回地丧失了其所剩无几的真正令人震惊之处。

詹明信的论断散发着一种诱人的终结气息,同时它也有着明显的历史主义缺陷,即试图从证据的碎片中拼凑出一个时代的总体。这种把变化无常的情感与审美反应硬塞进有秩序的历史阶段的做法,有其过分概略的一面。我们所生活的世界已不是维多利亚时期或早期现代的世界。第一次与毕加索怪异的涂涂抹抹或斯泰因失语症式口吃相遇时的人所感受到的愤慨和震惊,我们再也不可能重新体验到:这一点没人会有异议。我们都同意,现当代文化与反常奇怪之物的诱惑更合拍;我们也同意,我们的世界比上一代人的更多变。但这是否能推导出,文学已经失去其使人震惊的能力,已经不可挽回地在滚滚向前的历史进程中变得不再尖锐了呢?艺术作品是否不再能给我们当头棒喝了呢?

我想列举我自己的几个碎片式证据。我的许多本科学生2004年第一次读到《恶心》时,跟我在三十年前一样,仍会感到困惑。几年前,我读到维尔托德·贡布罗维奇(Witold Gombrowicz)著名的《情欲印象》(*Pornografia*)和三岛由纪夫的《午后曳航》时,还是会感觉到胃里一阵抽动。在研究一本关于悲剧女性的书时,我经常会遇到批评者用"悲惨的"(harrowing)、"地狱般的"(hellish)和"恐怖的"(horrifying)这样的形容词来描述古代和现代的悲剧。这种反应是自我欺骗吗?(并且,对自己的震惊感产生错误认知,究竟是什么意思呢?)或者说,我们是否需要重新思考我们关于震惊的想法,然后至少把它部分地从先锋艺术的传统中去除?

对这一传统进行反思,意味着检视各种各样的艺术运动——达达主义、超现实主义、未来主义等,并狂热地揭穿神话,杀死所有神圣不可侵犯之物,除他们自己的道德律废弃论之外。先锋艺术对得意自满的中产阶级釜底抽薪,唾弃执掌权力的当权者,提倡过分、出自本能、离谱和挑衅性的艺术模式。挑拨、极端、反抗、反叛,这些是先锋艺术的常用语;纯粹的暴力行为、用指节铜套打碎这个世界的头骨,这些对先锋艺术来说有难以抗拒的吸引力。先锋艺术美学效仿的是呐喊,是电击,还有大街小巷刺耳的警笛。在先锋艺术的宣言中,博物馆、图书馆,还有各种各样的学术机构都应该被毁灭,中产阶级家庭必须被消灭,财产的销毁是一件幸事,逻辑、理性和所有系统的灭绝是对未来的预言。"我们就像一阵狂暴的风,"查拉在其达达主义宣言中说道,"我们为灾难、大火、腐败的盛景而时刻准备着。"①

如果我们太过拘泥于从字面意思上理解这些话,我们无疑会忽略宣言这种形式的虚张声势和戏剧性。但是,批评者们在对比此类豪言壮志与先锋运动后来的命运时,往往会感到一阵沮丧,甚至是绝望。曾鄙视一切妥协的,最终成了主流;目空一切、离经叛道的反艺术被恭迎进了博物馆;革命的火焰也因得到学术机构的认可而渐渐熄灭。先锋艺术没有在中产阶级银行家心里种下恐惧,它自身反倒成了吸引人的装饰品,成了人们竞相追逐的投资对象。但这种虎头蛇尾的结局并非完全出乎人们意料;因为先锋运动最终是为艺术这一现代宗教作保的,而非抵制它,先锋运动赋予了它不可能具备的狂怒、净化和摧毁的力量。让-约瑟夫·戈克斯(Jean-Joseph Goux)冷冷地指出,所有毁坏神像者的最终命运,都是反而使其欲毁坏的保

---

① Tristan Tzara, "Dada Manifesto 1918," in *Seven Dada Manifestos and Lampisteries*, trans. Barbara Wright (London: John Calder, 1977), p. 8.

存了下来。① 宣言、诗歌或现成的艺术品怎能做到一举推翻学术机构的高墙，或是彻底终结异化呢？先锋派以其激烈、彻底的否定行为，不断贴近一种乌托邦式的美学思想和政治立场。

在断言震惊已经过时之前，我们应该将它从过去这一系列激烈得过了头的慷慨激昂、自我膨胀的论断中剥离开来。将艺术上的革命与生活中的革命混为一谈是现代性特有的错误，它使得人们离谱地期待艺术发挥其革新力量。专制主义逻辑下一种相反的理论认为，艺术作品不可能颠覆银行和官僚主义、博物馆和市场。但这并不代表艺术是无能、无力的，也不代表艺术没有任何挑战认知或震撼心灵的力量。我们强行把艺术与革命或同化、越界或遏制对号入座，这显然是不公平的，并且会因此忽略可能发生的更沉寂、更温和的变革。尽管先锋运动黯淡了下来，但文学理论中还活跃着对震惊的解放力量的先锋式信仰。我们现在所处的阶段只能称作一种浪漫化越界：从性玩具到连环杀手，文学评论者们不断拓展这些反常的话题范围，并借此巩固自己的激进性。

然而，这样一种对局外世界的狂热崇拜通过掩饰震惊美学真正令人不安的元素，使文学变得更能被人接受了；它是抬头

---

① Jean-Joseph Goux, "The Eclipse of Art," *Thesis Eleven*, 44 (1996), pp. 57–68.

看向深渊之外，而非低头看向了深渊之中。每当评论者谈及越界和自由，浪漫主义对从社会约束中解放出来的渴求都会浮现出来，就好像震惊、恐惧和厌恶的增殖会以其意志引导人们走向其渴望已久的解放，或开启一个民主制的乌托邦。对萨德侯爵或巴塔耶的作品稍有了解的人都会发现这种想法的愚蠢之处。震惊的文学在引导社会进步之时不会令人不安；它真正令人不安的是它的失败，是它跳出了我们合理的逻辑框架并抗拒我们深以为然的价值观。也正是在此时，我们才发现自己变得哑口无言，笨嘴拙舌，搜肠刮肚地寻找词语来解释我们的反应。

先锋派思潮将震惊作为其最终的武器，这是它的策略，为的是让愚蠢的中产阶级、轻信别人的大众、傲慢的卫道士和文化的守卫者感到困惑惊愕。局内人和局外人之间、无礼的叛乱者和愚昧得无可救药的人之间、使人震惊的人和应该被震惊的伪君子与江湖骗子之间，被划出了一道明显的界线。震惊被认为是符号优势的来源，是对纯粹的对抗或救赎性政治观点的担保，它支撑着一个人先进的觉悟。简而言之，它被抽取了所有真正令人恐惧的东西。但震惊也可以以其他方式发挥作用：模糊自我与他者的区别，拆解而非巩固一个人的固有信念。从这个意义上讲，震惊并非是对未来人们从暴政和压迫之中解放出来、获得自由的预告，而是对通向自由之路上的内在与外在阻碍的说明示意。

《酒神的伴侣》(*The Bacchae*)常被认为是希腊悲剧中最令人震惊的一出戏,尽管希腊戏剧已然充满了乱伦、自戕、通奸、弑亲、大屠杀等各式暴行,但它的成就还是值得称道的。年轻的统治者彭透斯急于将在底比斯城生根发芽的酒神信仰连根拔起,意图带领军队对抗山中崇拜酒神的女祭司。一个神秘的陌生人,即伪装下的主神本人,劝彭透斯先去看看她们的仪式,并男扮女装以免被发现。但是彭透斯的母亲、身为女祭司之一的阿高厄,在酒神的迷惑下把自己的儿子当作了山中的狮子,最终在嗜血欲望极盛之时把他撕成了碎片。剧本写道:"她毫不理会他的呼喊,抓着他的手腕扯他的左臂;然后她/脚踩在他的胸口,猛地一扯,又拧下了/他连在肩上的手臂——她凭的不是自己的力量/酒神把超越凡人的力量赋予了她的双手。"[①]其他的女祭司开始撕扯他的肉体,一人抓住了前臂,另一人抓住了一只脚;读者被告知,她们抛着他的肉体,就像是在玩一场抛球游戏。直到阿高厄骄傲地抱着狮子的头来到舞台上时,她才慢慢发现事情的真相;原来她狂热撕碎的肢体,正是她的亲生

[①] Euripides, *The Bacchae*, in *Euripides V: The Complete Greek Tragedies* ed., David Grene and Richmond Lattimore (Chicago: University of Chicago Press, 1959), p. 204.

骨肉。

《酒神的伴侣》中究竟有什么能让它如此令人震惊？无疑，这应该部分归功于其可怖的主题：在我们对暴力已经厌倦了的现代，妇女抛掷人肉块、把孩子撕成碎片的描写也是极不常见的。这种消解了所有界限的描写给人们带来的不是自由，而是杀人的疯狂和恐怖。女性主义者或许会从中读出女性气质与他者性、狂热和兽性之间的联系，但该戏剧同时也撕裂了其所涉及的几组差别——男性与女性、人类与动物、理性与疯狂。彭透斯急于对山中的女祭司施加男权的管控，却不幸地成了他所憎恶的主神手中的玩物。他急切地想在城邦中推行理性与秩序，但这反过来突显了他自己疯狂的执念；他讨厌女性，最终却穿上了女人的衣服；他厌恶酒神，同时却暴露出了他性格中酒神的一面，这一转折此后得到了《启蒙辩证法》的作者的证实。还有，《酒神的狂欢》虽然突显了彭透斯之死的恐怖，但它并没有为观众提供一个视角，使观众觉得这种恐怖是反常、罕见的。从由野蛮的酒神女祭司组成的合唱队唱出来的歌词，到对他一手造成的惨剧毫无怜悯之心的酒神的最后亮相，整部剧没有为我们提供明晰的伦理立足点，也没有为我们提供评判标准——学者们不断地争论《酒神的伴侣》究竟是歌颂还是批判酒神信仰的狂热。这部剧展示给观众看的"撕裂处死"

（sparagmos）情节，也是对我们借以理解这部剧的逻辑框架的撕扯。

作为最后一部酒神剧，《酒神的伴侣》似乎没有给救赎式或调解式的解读方式留下太多空间；也没有给曾经被广为吹捧的悲剧论留下太多空间：悲剧通过在可怕的事件发生之后恢复秩序与理性，使我们与受难的体验保持一定的距离。让-皮埃尔·韦尔南（Jean-Pierre Vernant）曾用以下几句话重述过这一观点：

> 因为悲剧涉及的主题是虚构的，所以它在舞台上呈现的让人感到痛苦、害怕的事件所造成的效果，与现实中此类事件所造成的效果是不一样的。这些事件触动了我们，但与我们保持一定的距离。因为它们仅存在于想象层面，所以尽管它们在舞台上被再现出来，它们离我们还是有距离的。它们对身在剧情之外的观众造成的效果是，"净化"（purify）他们在现实生活中可能产生的恐惧和同情之感。[1]

---

[1] Jean-Pierre Vernant and Pierre Vidal Naquet, *Myth and Tragedy in Ancient Greece* (New York: Zone, 1990), p. 246.

对于《酒神的伴侣》这样对人产生内在的、情感上的、撕心裂肺般的影响的作品来说，这种评价不免有些局促（我们或许会想起，净化[catharsis]一词最初指的是清理人的肠道这一身体活动）。人们长久以来所持的想法——悲剧所引发的情感只有同情与恐惧——使人们无法很好地反思一些或者所有悲剧艺术作品给人带来的震惊的战栗之感。

震惊是建立在恐惧感之上的，而恐惧与恐怖或惊骇意义相近，但震惊同时又带有一点恶心和厌恶的色彩。我们有的时候会被人体器官或腔道、分泌物或排泄物的图片震惊到，但我们的这种反应并非因为我们自身安全在现实中或想象中受到威胁；被触犯的是我们的道德感或审美感。换一种情况，震惊也有可能造成情感的空缺，造成一种创伤理论家常说的麻木和空白状态。因此，震惊描述的并不是一种具体的情感状态，更多的是一个文本或物体对人的心理造成的质的影响。它指的是一种突然的冲撞，一次意外，甚至暴力的相遇；震惊的本质是给人以刺激。与同情和恐惧不同，推动它的必备元素是出其不意的惊；我们有可能对我们已知之事感到恐惧，但震惊意味着与意料之外之事相遇，意味着在一种发生了变异的心境中被扭曲。尽管我们能预料到即将到来之事，如在一部我们所熟悉的神话故事的戏剧中，但我们还是会感觉到自己撞上了不可想象之物、令人畏惧之物、可怕得难以用语言形容之物。震惊的关键所在是卡尔·海因茨·博雷尔(Karl Heinz Bohrer)所说的"突然性"(suddenness),即连续性和连贯性的一次突然的断裂,时间被决定性、戏剧性地分割成"之前"和"之后"。它展现的是一种独特的时间观,其标志是一种标点逻辑,即连贯的体验破碎成互不关联的碎片,碎片之间的强烈性有着巨大的差异。①

因此,震惊是与着魔相关联的欣喜的包裹感和沉溺的愉悦感的对立面。我们不再会感到自己被放入了摇篮轻轻摇晃,相反,我们感觉自己被埋伏、被袭击了;震惊入侵了意识,在读者或观众的防御系统中打开了一个口子。它像一个钝器一样对心灵狠狠一击,破坏了我们组织和理解世界的常规方式。我们的均衡感被打破;我们就像被扔到了大海上,迷迷糊糊、支支吾吾地说不出话,没法组织起一段连贯的反应。震惊是由厌恶、恐惧和不信任的杂色布条编织起来的,它可以暂时使身体和心灵都停止运转。尽管它可能很快失效,但震后余波会在人的心灵中回荡一段时间;与起初突然的冲撞相伴而来的,是延续的、延后的或迟来的心灵或肉体反应。

---

① Karl Heinz Bohrer, *Suddenness: On the Moment of Aesthetic Appearance* (New York: Columbia, 1994).

我的观点与韦尔南的观点相左，我认为艺术的非现实性与其对情感造成的影响强度之间的关系并非如此明晰。毋庸置疑，我们在看到身边人受难时所感受到的痛苦，比我们观看一部艺术作品时所产生的反应，在强度上和量级上都要大得多。但同样地，我们看一部撕心裂肺的莎拉·肯恩（Sarah Kane）的剧时所感受到的震动与不安之感，比我们看到报纸上报道的死亡数据时要强烈得多。艺术作品以其特别的生动性和画面感，可以深刻地展现折磨与自我厌恶、毁灭与嫌恶的心灵之戏，尽管这些戏往往毫不吝啬地给剥了皮的尸体、空洞的眼窝或是裂开的伤口特写镜头。与其说它们远距离展现了苦难，不如说它们让我们近距离见证苦难，把苦难无限放大，有时候甚至会展现骇人的血腥细节。在事实层面，它们可能有所欠缺；但在情感力量上，它们做出了弥补。我们被包裹在审美的事不关己的安全毯之中、从远距离评价艺术作品这一看法，更多是体现了批评者某一时刻的批评信念，而非审美反应的心理现实。

另外，像《酒神的伴侣》这样的作品让我们重新思考我们关于震惊只存在一时的这一根深蒂固的看法。一种仍影响着我们思考的先锋派逻辑认为，传统是我们最终的敌人，是我们必须颠覆和屠戮的家长权威的原型，由此才能为激进的新事物和未成形的事物让路。既然如此，那我们如何解释来自遥远的过去的作品比现代的作品更能打动人心、使人感到不安？为什么受人尊崇、被广泛研究过并奉为经典的作品比其后的作品更能产生情感上的冲击？我们如何理解过去的作品给人带来的震惊感？与其将震惊的审美体验纳入线性的历史发展过程中,我们不如以一种本雅明式态度,利用震惊敲开传统的历史模式。

现代批评者认为新奇是审美惊喜的来源,震惊与一瞬间的冲击紧密相关。当一种新的体裁形式出现时,它产生的效果就是使我们所认为的平凡之事显得奇怪,挑战我们传统的观看方式,使在惯性思维和固有观点中麻木了的我们吓一跳。在改变我们观看方式的同时,它也改变了我们所看之物。然而这种效果在本质上是有限且短暂的。震惊逐渐会丧失其对情感的冲击力,也会丧失其改变意识的能力。迷失方向之感会逐渐消失,我们最终会接受,一度看起来莫名其妙或奇怪的表达方式也会逐渐被吸收进我们的文化语汇中。故此,文学史背后的驱动力是惊奇—习惯—惊奇的无限循环,即已确立的风格向新技巧让步,而新技巧又会使认知重新恢复生气。

这种观点在俄苏形式主义中尤其流行,它使得直觉感受成为把握现代西方审美变化逻辑的一种方式;但它也过度简单化并低估了文学作品的影响,把文学作品困在了一个单一的时刻之中。根据这种观点,艺术只能在一瞬间使我们感到惊奇,继而会丧失所有改变意识、激发思考的能力,会随时间的推移变得单调、陈腐、枯燥。这就是宋惠慈所称的共时历史主义思维:一部作品的共鸣只会产生于一段时间之内,通常是它刚刚出现的那一段时间。① 但是,文学作品的意义不会在瞬间展现出来,文本也不会在其刚刚问世之时就完全展现出全部的自我。它们跨越时间产生共鸣的潜力,以及过去的艺术作品使人迷惑、扰乱人心的能力又该怎样解释呢?我们可以把此类文本看作时间旅行者,甚至是定时炸弹,即一种具有爆炸力量的装置,在其生产出来很长时间之后才能启动。我们对震惊的美学认识受制于我们对历史的连续性和进步性的理解。我们认为震惊与新鲜是同义词,因此思路大受局限。

《彭忒西勒亚》(Penthesilea)写于1808年:早期的批评者常对其使用厌恶之语,批评它表现狂热的反常行为和可怕的变态行径。但是我们很难下结论说,它第一次上演时引发愤慨的那些元素,对今天的我们已没有任何触动。克莱斯特在这部剧中上演的是一场性的战争,一场癖好之间的冲突,一场发生在阿喀琉斯和亚马孙女王彭忒西勒亚之间的口吐白沫的死战。亚马孙女王热烈地爱上了阿喀琉斯,只能用自己的剑来追求

---

① Wai Chee Dimock, "A Theory of Resonance," *PMLA*, 112, 5 (1997), pp. 1046-1059.

他。因为亚马孙法律要求,亚马孙人民只能与战争中俘获的男人交媾。阿喀琉斯也同样被这位女勇士深深吸引,他在两人间的一场激烈对决中占了上风,却选择隐藏自己的实力,假装被她俘获。彭忒西勒亚发现真相后大怒,深感侮辱,再次与阿喀琉斯兵戎相见。在最后这场对决中,阿喀琉斯毫无防备,不带武器,假装投降自愿迎合漂亮的彭忒西勒亚的心意,为了即将迎来的性快感而不畏牺牲。

然而,虽然对阿喀琉斯来说,这只是一场色情的征服游戏,但彭忒西勒亚却是一本正经的。是选择成为以战士荣誉为重的女性自治的典范,还是顺应要求女性交出自我的色情桥段,彭忒西勒亚在两者间徘徊,最终被逼疯。彭忒西勒亚对这一双重束缚的最后回应是一箭射穿了阿喀琉斯的喉咙,后又精神错乱地冲向他受伤的身体,与她的猎犬一起用牙齿撕裂了他的肉体。"她撕下了他的甲胄,咬了下去/她对准他象牙白的胸膛咬下去/她和她的野狗争抢着/奥克斯和斯芬克斯咬向他的右胸/她咬向他的左胸,我到来之时/血在她的嘴边和手指间流淌。"①

对《彭忒西勒亚》的评论多集中于其元虚构的(metafictional)特质,将该剧视作一则关于语言的自相矛盾性

---

① Heinrich von Kleist, *Penthesilea*, trans., Joel Agee (New York: Harper Collins, 1998), p. 128.

和语言的陷阱的寓言。批评者解释了语言上的困惑、双重含义、模糊隐喻与实指的边界如何与这场文化冲突、性别战争紧密相关。在最著名的一个片段中,彭忒西勒亚意识到她食人杀戮行为的可怕,承认自己犯了一个不幸的口误,一个常见的能指的混乱(kuessen/bissen;吻/咬)。她在一段茫然的独白中暗示道,她的所作所为就是一个常见隐喻的实义化体现:"一个姑娘搂着她爱人的脖子/会说多少次的:我爱你,太爱你了/如果可以的话,我想就这样吃了你。"①这是一出情色与文本互相融合的戏。但是将克莱斯特的这部戏剧视作一部思考语言的不确定性,或是思考隐喻相较于明喻有优势的作品,这也有一些不协调之处。批评者似乎想强调自己的解读精妙繁复,于是便尽力避免触及该剧粗俗的屠杀情节。

米歇尔·肖利(Michel Chaouli)将《彭忒西勒亚》和《判断力批判》(*Critique of Judgement*)放在一起阅读,提出克莱斯特这部剧让人感到不安的原因是它违背了不能再现令人恶心之物的禁忌。这一点所言极是。康德认为,丑陋在艺术中是被允许的,但恶心不可以,因为它迫使我们产生一种我们无法控制的内脏反应。还有,康德区分了作为反思行为的审美品位和

---

① Kleist, *Penthesilea*, pp. 145-146.

作为粗暴的感官刺激的肉体品位。而《彭忒西勒亚》消解了这两者之间的区别,因为其女主人公自始至终都有着贪婪的性格特点,想要"吞噬掉"她自己与阿喀琉斯之间的距离。阿喀琉斯在该剧开头被塑造为一件散发着光辉、如太阳一般的艺术作品,继而他很快变成一摊死肉,"该剧在短短几个小时中颠倒了几个世纪来关于品味的隐喻化过程"①。《彭忒西勒亚》追溯了从美到恶心的叙事过程,模糊了作为反思性的审美判断力的品位与作为兽性之食欲和食人魔之贪欲的品位之间的区别。

这种观点涉及的是一种在文学批评中曾得到短暂关注的关于肉欲的反应,但是它不可避免地也会侵入关于震惊的讨论之中。令人不安或使人惊骇的艺术作品会引发一系列的生理反应:突然哽咽、止不住流泪、不由自主远离太过生动的图像、皮肤上突然起鸡皮疙瘩、在黑暗的礼堂里爆发出一阵阵紧张的笑。我们被粗暴地从审美反应中撕开,只剩下最基本的生理机能,只得面对我们不由自主的反应:肾上腺素激增、心率上升、血管收缩。我们的身体甚至会在大脑之前做出反应,这说明我们的情感易受暗示的影响、我们身体易受伤害。图像与词语在一定距离之外对我们的身体施加影响,就好像是通过神秘的遥

---

① Michel Chaouli, "Devouring Metaphor: Disgust and Taste in Kleist's *Penthesilea*," *German Quarterly*, 69, 2 (1996), p. 130.

控机制来施加影响;我们感觉自己被某种力量影响,但对这种力量我们只有粗略的理解。心灵的防御被突破了;我们对自己会产生的反应不能完全控制。我们发现自己陷入可怜无助的境地,被我们自己的肉体性反应击倒;感觉自己困在了本性与后天教化之间的危险边界之上。

言及此处,我不由自主地想起了利奥·贝尔萨尼(Leo Bersani)关于自我破碎的一番话。贝尔萨尼站在精神分析的立场上,与詹明信的历史主义立场相对立,强调震惊本质上的当代性,即震惊是一种不受时代印迹影响的精神扰乱形式。贝尔萨尼认为,人类的性存在建立在受虐心理之上,这使我们从小时候起就在本体论层面上与暴力密不可分。"我们不是在暴力和非暴力之间做出选择,"他说道,"而是在非固定欲望的精神错乱和对暴力的毁灭性迷恋之间做出选择。"[1]贝尔萨尼一方面批判现实主义试图通过叙事和轶事掌握欲望的运作方式,另一方面赞赏波德莱尔、让·日奈(Jean Genet)等人通过破坏自我的结构来颠覆人们假装存在的连贯性。他提出,这种消解美学把我们从极权主义的身份模式和对个体性的不当理解中解放出来。

贝尔萨尼强调审美震惊中的受虐刺激感,这肯定是正确

---

[1] Leo Bersani, *The Freudian Body: Psychoanalysis and Art* (New York: Columbia University Press, 1986), p. 70.

的,这种夹杂着痛苦的快感来自从自我的牢笼、从其负担与义务中的暂时解脱。但精神分析框架无法解释震惊的诸多内涵,也无法解释为什么震惊会在某几个创新期突然变得重要,而在其他时期却没有。的确,贝尔萨尼一方面强调震惊的激进反社会性和破坏性,另一方面通过写关于震惊的文章获得了事业上的成功,两者看似有所冲突,就好像他关于自我破碎的言论也有夸张之嫌——意识确实会受到阅读的改造,但它绝不会被毁灭或消解。我们先不要再次在弗洛伊德和福柯之间做一个二选一的抉择,我们可以推测出来的是,震惊谈及的,既有人类存在的社会层面,也有其反社会层面;我们还可以推测出它使我们直面使人紧张不安、感到恐惧之事或禁忌之物;它同时也是一个文化能指符号,被用来暗指浪漫主义的虚张声势性、反主流文化的真实性以及知识声望。

弗洛伊德的病原学把震惊的美学硬塞入预设的解释框架中,这有消解和稀释它的危险。我更感兴趣的是精神分析对传统的进步模式和线性时间模式提出的挑战,它是一种向后看的哲学,认为自我永远悬停在自己僵化的历史线索之中。过去不是对犯过的错误和过时的传统的记录,我们在进入未来的过程中也不能轻易地抛弃这些;过去是对我们一路走来的艰辛路途的提醒,是对"以前"如何影响、塑造"以后"的提醒。这种思路会引导我们思考我们心灵之外的更大的问题,思考文本的时间性、文学作品如何超越单一历史时刻的限制产生反响的问题。

因此,事后性(Nachträglichkeit)缘何没有突破其精神分析的壁龛,在文学理论中发挥更中心、更重要的作用,这就让人感到很惊异了。Nachträglichkeit 一词来自德语,被翻译成事后性,它被用来具体说明意义不是在某一时刻一劳永逸地嵌入文本的,而是散布在连续的时间之中。从其治疗意义上讲,该词指的是一种事后显现的创伤事件,一个人只有在事后才能理解它的意义,其典型案例是弗洛伊德笔下的"狼人案"。由于事件发生与其反响之间有时间差,意义是被延宕了的,被冲进未来之流,而非锚定于某一个关键性时刻。正如过去体验的碎片会一直留存到现在,其意义也会在新想法的压力之下发生改变。我们在追忆的过程中既是在找回过去,也是在重新创造过去,是不同时间的相互污染和混合。①

这种观点与文本传播之谜直接相关:我们该如何在坚持认为作品带有它们历史时刻的印迹的同时,解释其跨越时间产生反响的能力呢?我们关于时间的认知框架比构思空间的认知图式要贫瘠得多。后殖民研究对空间隔离的民族与种族身份发

---

① Jean Laplanche, "Notes on Afterwardness," in *Essays on Otherness* (London: Routledge, 1999).

出了挑战,其方式是引入混杂性(hybridity)、译介(translation)和全球流动(global flow)这些词。我们需要类似的模式来构思文本的跨时间移动和迁移。历史批评加深了我们对于艺术作品的起源的理解,但它也有可能导向一种对文本的偏狭理解,即认为它完全是由其起源条件决定的,使我们在解释文本持续的时效性,以及它跨越世纪产生共鸣的能力时陷入困境。

"事后性"这一观点指的就是这种延后、延迟的传播效果,它强调了文本的跨时间移动,以及它向无法被预知的人群述说的活力。艺术作品在起初闪现过一阵荣光之后,并非立即陷入休眠或垂死状态,它有可能迎来一个火热甚至是狂热的来世,其特点是新意义的汇聚和意义的改变。来自过去的文本避开了我们意欲将其归为过时或落伍思想的做法,它打断了我们的文化进步叙事,跨越几个世纪发出自己的声音,在时间差异的鸿沟间建立起了联系。其不合时宜的特性使得它重新变得适时。本雅明在其著名的关于辩证意象的探讨中写道:"过去和现在汇聚到一起,就像一道闪电。"①过去的事物并没有退隐到遥远的历史保护区中,它还可以对现在产生冲击,影响现在的

---

① Walter Benjamin, "N〔Re The Theory of Knowledge, Theory of Progress〕," in Gary Smith, ed., *Benjamin-Philosophy, Aesthetics, History* (Chicago: University of Chicago Press, 1989), p. 50.

认知。震惊的美学并没有被套上新鲜和时髦的枷锁,它背后的推动力实际上是一种更多变、更不稳定的时间性。

尽管震惊会如伊丽莎白·拉德森(Elisabeth Ladenson)所言,撼动时间沙文主义的得意自满,但它也会屈从于历史的压力;不同时期的读者会被同一部作品震惊到,但这不代表他们所受的震惊都是一样的。① 的确,震惊作为一种对人类体验的质地和节奏的深刻变化的回应,在现代性中获得了新的光泽和特质。格奥尔格·齐美尔(Georg Simmel)曾对这一问题有过一段著名的解释,他认为驱动着现代感受力的是对刺激的渴求、对极端感官的渴望。去震惊别人和被别人震惊的欲望在现代生活中变得史无前例地明显和强烈,集中体现为电影和其他流行娱乐活动所追求的惊险刺激,还有先锋派有预谋的激动的言行。成为一个现代人似乎意味着对惊奇和快速、对肾上腺素激增和实践的断裂上瘾:变成一个震惊瘾君子。

然而,对这种品味与性情之变化的解释却常自相矛盾。有人认为,震惊效应与现代性紧密交织,这多亏了构成城市生活的各种各样混乱的刺激物、熙熙攘攘拥挤混乱的人群、爆炸式的信息量和林林总总的视听干扰。对城市环境快速变化做出

---

① Elisabeth Ladenson, *Dirt for Art's Sake: Books on Trial from Madame Bovary to Lolita* (Ithaca, NY: Cornell University Press, 2007), p. xvi.

反应的人类感觉器官,重新适应并迷上了这种突然性,急切地想要寻求更多的新奇刺激、震颤紧张和突如其来的变化。这种解读方式认为,审美震惊是现代性的延续。但是震惊吸引人的效果还出自笼罩一切的无聊感:无论是单调嘈杂的生产线,还是由类形而上学的疾病引发的忧郁症。沉闷和感情的麻木,还有日复一日的现代生活规律麻醉、扼杀人的灵魂,这唤起了人们寻求极端刺激的渴望,也引发了人们对由强烈感情激起的肾上腺素猛增上瘾。一阵刺痛或一阵刺激的恶心感可以使人从丧失感知力的麻木中解脱出来。还有,经过精心修整的现代生活总是给人以糖衣炮弹式的安心感,并且总是报喜不报忧,这反而使人们更愿意直面人类体验中肮脏恶心的元素。从这个角度讲,震惊是对现代性的一种回应。

现代意识的这两面——高度灵敏和呆滞、刺激和麻木——都影响了波德莱尔的作品。因为瓦尔特·本雅明影响深远的一篇评论,波德莱尔成了人们心中与震惊美学联系最紧密的诗人。本雅明问道,抒情诗歌如何对震惊体验已沦为常规的世界做出回应呢?[①] 波德莱尔的作品被视为对现代性的防御性回

---

① Walter Benjamin, "Some Motifs in Baudelaire," in *Charles Baudelaire: A Lyric Poet in the Era of High Capitalism* (London: Verso, 1983), p. 116. 同时可参考 Vaheed. K. Ramazani, "Writing in Pain: Baudelaire, Benjamin, Haussmann," *Boundary 2*, 23, 2 (1996), pp. 199 – 224。

应,被视为将现代城市体验做作的震颤和战栗转化为诗歌修辞的一种处理方式。他不仅仅记录了震惊,他还通过诗歌的表演使其不朽,用震颤来回击震颤,用反暴力来对抗暴力。震惊既是对城市生活感官刺激的适应性防御,也是由作者向其受众发起的有目的的侵犯行为,同时塑造了一种文学攻击的现象学。现代人对间断和突然、意外和惊奇的体验在诗歌形式中得到共鸣,这些诗歌削弱了读者的确定感,将不和谐之物并置,由此产生了不和谐音,对读者进行了打击和还击。

当然,我们现在看来,波德莱尔诗歌中令同时代人愤慨的许多特征已没那么令人震惊;比方说,我们不管怎么看他的女同性恋诗歌,都不会感到惊讶。浪漫主义中的邪教撒旦崇拜充斥着水烟、吸血鬼和绝望的深渊的意象,但在今天看来也已过时;它从前打破用词和风格规范的大胆做法,也不会再招致批评了。曾经在现代艺术市场史上和在摇滚明星的坏小子中被摹仿了无数次的弃世诗人(poete maudit),也早已落伍了。然而,《恶之花》(*Les Fleurs du Mal*)中的某些诗歌还是会给人以冲击力。比方说,《腐尸》("La Charogne")这首诗的开篇完美无瑕:诗人向他的情人诉说,回忆起他们曾一同度过的一个夏日的早晨。诗歌中常用的 mon âme(my soul,我的爱人)一词,故意与两人曾看见的路边的 charogne infâme(a carcass,腐尸)

一词押尾韵。① 路边动物的尸体两腿朝天,肚皮破开,被太阳炙烤。这让叙述者想起淫荡的女子:得不到性满足的燥热摹仿和预兆死亡的终极淫秽。诗人不带感情地专注于描写腐烂衰败,他不仅使爱人又回想起当时感到的恶心,还迫使她再次体验了一遍这种感觉。他用沾沾自喜、虐待狂式的精准描述,为往日的恐怖注入了新的生命:"La puanteur était si forte, que sur l'herbe/Vous crûtes vous évanouir"(臭气太强烈,你在草地上/快要被熏倒)。② 诗歌召唤起无法忍受的强烈的感官刺激,从四面八方向读者袭来,带有幻觉的特质:袭人的热浪;死去的动物,肚子中发出的腐臭;四仰八叉的尸体的生动画面;围着尸体转的嗡嗡响的苍蝇。这里想象出来的自然不是人类的慰藉或避难所,而是对视觉、嗅觉和听觉的残暴攻击,是与令人反感、讨厌之物的通感。

还有,我们慢慢发现,这具尸体不断在动;蛆虫向外涌着,像一种邪恶的液体,从尸体里流出来,像海浪一样起伏。诗人被这种有韵律的运动之美打动了,认为它是对行云流水之韵律

---

① 本书作者在此处犯了两个小错:波德莱尔的诗是"Une Charogne",而非"La Charogne",是定冠词与不定冠词的区别;mon âme 也不是 my soul 的意思,而是 my love 的意思。——译者注
② Charles Baudelaire, "La Charogne/A Carcass," in Marthiel and Jackson Mathews, eds., *The Flowers of Evil* (New York: New Directions, 1955).

的摹仿。尽管诗人使人感受到了死亡的恐怖和被蛆虫驱动着不可思议地动起来的尸体的恐怖，但他同时也让我们意识到腐烂过程中的对称性。然而，这种审美化的注视并没有消解而是增强了其中的恐怖感；正在腐烂的这具尸体，既像也不像诗中将它比作的正在盛开的花。正如著名的鸭/兔图一样，我们无法将头脑中这些互相对抗的图像拼合起来，被迫在厌恶和愉悦之间摇摆，这种不可通约的碰撞通常被认为是波德莱尔风格的一个要素。诗歌的结尾出现了一只在暗中观察、想要吃尸体上的肉以完成能量摄取和吸收之自然循环的狗，从而使诗歌的主题更加令人毛骨悚然。

当然，只有在某些条件下，腐败这一主题才能被用作震惊感的来源；在大部分的人类历史中，看到一具动物的腐尸太过稀松平常，不值得人们关注。诗人引导着我们把他的爱人想象成巴黎一位极其优雅的轻佻女子，对乡村生活中的生死活动极其陌生，有着现代社会特有的讲究和腼腆（pudeur）。不管这首诗有着怎样的厌女的自负——即与自然状态最相近的性别也是最虚伪地嫌弃大自然中的活动的性别——它还是引出了有关人类受震惊能力的历史的一些问题。我们是否真的像詹明信所说的那样，真的不如以前的人那样容易感到厌恶、恐惧和震惊了呢？尽管在某些方面我们与以前不同，不再那样在乎

四　震惊

了,比如两性关系,但我们道德上的义愤感比以前强了许多。还有,研究人类文明的历史学家常指出,我们对关于死亡的提示越来越敏感,也越来越厌恶,如疾病、腐烂、化脓、腐尸、体臭等。曾经人们习以为常的体液交换——如妈妈喂奶、陌生人用同一个杯子喝水——现在却会引起人们的反感。(现代性的历史不是从压抑到启蒙、从义愤填膺到满不在乎的单向发展史,其中也包含了禁忌的解禁和重塑。)

波德莱尔这首诗把诗人和爱人的反应并置,围绕着震惊别人的人和被震惊的人之间的象征性分歧展开。诗中建立了明确的情感分工,爱人的焦虑和厌恶衬托出了诗人的泰然自若。她的焦虑突显了他超越表面上的厌恶的能力,以及他点石成金、化腐朽为神奇的能力。此诗与《酒神的伴侣》中的集体仪式不同,此诗中震惊美学的作用是划分界限、表现区别,让放浪形骸的巴黎文人讲出他对中产阶级和女性之敏感的嫌弃。维持这种区别的个人代价不容小觑——我们只消想一想波德莱尔贫苦的生活和他与审查制度之间的抗争。然而,我们若将震惊浪漫化地理解为彻底的越界,就会忽略它其实是与社会等级、社会差异密不可分的。认为令人讨厌、恐惧、反感之物适合被用作艺术作品的主题,这种观点到 20 世纪中叶成了体现上层中产阶级品味的必备品。① 通过对比男性的色厉内荏与女性的过分讲究,震惊美学还会获得一定的象征资本;《腐尸》绝不是唯一用自己的审美侵犯行为攻击女性的假正经的现代主义作品。文学中的挑衅行为在历史上大多是男人做出的,尽管女人有的时候也会被拉进来象征无边的欲望之害,或者用威廉·米勒(William Miller)的话说,用来代表我们都会"生殖、通奸、分泌、排泄、流脓、死去、腐烂"②这一基本认识。

但有趣的是,还有一段关于震惊的隐秘历史被研究越界的学者忽略。《恶之花》出现之时恰逢英吉利海峡两岸都涌现出大量追求感官刺激的小说,同时也出现了许多关于文学吸引人的感官、让人跳过理性思考这一害处的评论。此时风行的小说——如《奥德利夫人的秘密》(*Mrs. Audley's Secret*)、《白衣女人》(*The Woman in White*)和《伊斯特·琳妮》(*East Lynne*)等——让人震惊,它们被指责过分挑动读者的神经,或过分地刺激读者的感官。追求感官刺激的小说的决定性特征是其刺激、鼓动读者的能力;玛格丽特·奥丽芬特(Margaret Oliphant)认为,它"使我们感到神奇、恐惧,让我们屏住呼吸、

---

① Pierre Bourdieu, *Distinction: A Social Critique of the Judgment of Taste* (Cambridge, MA: Harvard University Press, 1984).
② William Ian Miller, *The Anatomy of Disgust* (Cambridge, MA: Harvard University Press, 1997), p. 49.

充满兴趣,带给我们积极的惊讶、激动这样的震惊感"①。像之前的哥特小说一样,追求感官刺激的小说对女性作者和读者尤其有吸引力,突显出整个文化对耸人听闻的话题和不和谐内容的嗜好。震惊不一定与先锋派和现代主义的发展历程捆绑在一起,它其实有更广泛的回响和吸引力。这些小说超越了贝尔萨尼等人的讨论范围,无疑是因为震惊与多愁善感相重叠,还因为它们对精神紊乱的用心经营——通过安排得当、符合道德的情节扰乱精神。但是,如果因此就下结论说这种小说巩固了标准的身份模式,又会显得过分依赖于一种叙事和作者评述的表层判断。读者对禁忌主题和边缘人物的爱好会打断或破坏这种秩序化的表现手法,产生出更本能、更不成熟或更不合规矩的反应。

在当代文学图景中,任何假定震惊是男性特有的想法,最终都会被反转:我们只消想一想凯西·阿克(Kathy Acker)对性的卡通式描写,她使用的淫秽词语,还有她对乱伦的迷恋;或者想一想艾尔弗雷德·耶利内克(Elfriede Jelinek)对女性性受虐,对母女之间的仇恨和对青少年虐待行为的描写。在海

---

① Margaret Oliphant, "Sensation Novels," 引自 Deborah Wynne, *The Sensation Novel and the Victorian Family Magazine* (New York: Palgrave, 2001), p. 44。

伦·扎哈维(Helen Zahavi)极端、血腥的复仇故事《肮脏的周末》(*Dirty Weekend*)中,女主人公兴奋地杀死曾纠缠或骚扰过她的男人,之前提到过的莎拉·肯恩的戏剧也因为其中挑战了舞台剧极限的片段而广受赞扬又饱受争议,这些片段有排便、开肠破肚、吃小孩儿等情节。在巨大的压力下,对女性天性有新期待的时代开启,越来越多的女性也开始转向挑衅和变态的美学。①

盖尔·琼斯(Gayl Jones)的一部小说显示了看似与社会无关的震惊美学如何被打上了种族和性别的印记。《伊娃的男人》(*Eva's Man*)是一部第一人称叙事小说,主人公是一位黑人女子,因谋杀了自己的情人而入狱。伊娃叙述的语调简洁而木然,她讲述了自己如何在酒吧遇上了一个男人,跟他回了酒店的房间,最后把他杀死,或许(此部分的细节被故意模糊处理了)还咬下了他的阴茎。女主人公苍凉的陈述以简洁紧凑的口语写就,以作者精心设计的三重时间结构展开:牢房内的讲述、伊娃对童年的回忆和五年前的谋杀等事件,时间在段与段之间,甚至句子和句子之间跳跃。该小说开篇相对连贯,但马上

---

① Kathy Acker, *Blood and Guts in High School* (New York: Grove, 1994); Elfriede Jelinek, *The Piano Teacher* (London: Serpent's Tail, 1989); Helen Zahavi, *Dirty Weekend* (London: Flamingo, 1991); Sarah Kane, *Complete Plays* (London: Methuen, 2001).

就开始解体,变成了一堆时间上不连贯,但象征意义上连贯的碎片。

然而,这种时间上的流动性并没有让人感觉释放,而是强化了一种持续的幽闭恐惧感,一种从四面八方袭来的无法言说的恐怖。某些特别的词语被再三强调,传达出一种永恒不变的单调节奏,以及无法逃避的命运。"你要是非要像个妓女一样的话,我就要像操妓女一样操你了""比利小姐说,你一旦张开了腿,就再也合不上了"。琼斯描绘了一个人被逼成一件性用品的可怕画面,描绘了一个除了性交和被威胁着性交之外别无他物的世界。这些片段看上去是在控诉女孩和妇女遭受的性剥削,但放在一起看时其显示出的不真实性——她每一段童年回忆都以性为中心——也使女主人公的叙事可靠性打了折扣。小说中不同男人的形象逐渐模糊,成了由非人化的乱摸的手、戏弄的话、勃起的阴茎组成的拼贴画,成了文本中不断叠加的暴力和侵犯片段中无名无姓、可被替换的无关紧要的人物。

创伤、性虐待这些治愈性话语似乎就要派上用场了,但琼斯的小说预料到了这一切,并抢先一步阻止了此类阐释,使解释女主人公动机的一切努力都宣告无效。她被警察、律师和医生全方位地包围住,被他们逼着坦白,被鼓动着说出自己的感受,被引导着将这一切解释为家庭暴力、性妒忌、冲动犯罪和发疯。但她拒绝坦白,拒绝解释或为自己的行为找合理化的理由;相反,她掩藏了自己的痕迹,更改了自己的故事,把事件搞乱,把梦境与记忆搞混,讲出的话都是含含糊糊的,谜一般让人听不懂。她所编造出的是一种非证词,在这一非证词中,与她情人被谋杀有关的事实永远不会被澄清;这也是一种非忏悔,即拒绝交出任何内心的想法。她爆发道:"你们休想解释我,休想解释我,休想解释我。"这显然是对读者的告诫,小说用居心不良、粗心大意或过分侵扰女主人公的倾听者的例子突出表现了这一告诫。[①] 然而,批评者好像无法拒绝因果论解释的诱惑,他们将女主人公的沉默解释为一种病态或一种能动,一种颠覆或一种被动。它实际上是一种非被动:是一个空白、不屈的表面,拒绝阐释,抵消阐释学的所有本事,它请我们做出评判,却又无情地否决了我们所有的评判标准。

就像波德莱尔一样,作品之中的暴力渗透进作品本身的暴力:即挥动词语的武器来增强、强化其震惊美学。琼斯的小说是由不和谐的并置、粗俗或性暗示太过明显的词语以及对常规和情感的侵犯组成的,女主人公一直在打破文明礼仪的规范,露骨地讲出通常不会被讲出的东西:经血、打嗝放屁、生殖器的

[①] Gayl Jones, *Eva's Man* (Boston: Beacon Press, 1976), p. 173.

味道等。性欲被去完美化,重新回到有漏洞有臭味的身体,回到了既进食又排便的身体,尽管这种对人身体弱点的描述带有一点拉伯雷式的粗俗和幽默。驱动这种越界行为的不是挑战社会与伦理规范的欲望,更多的是对这些规范异乎寻常的漠视。在毒死自己的情人后,伊娃描述了她如何走出酒店的房间,进了一家酒吧。

> 我吃了点东西,喝了点啤酒。我吃得很多。他给我的包菜和香肠已经快把我喂饱了,但再吃点东西总是好的,再想想被剥得精光又被干总是好的。不,是被操。想想我的两腿张开,手指插到他屁眼里。①

这一段单调的加缪式陈述突显了女主人公毫无愧疚、焦虑或其他道德上的感受,同时也突出了出现在灾祸之中的极不协调的性欲。伊娃的话语不带任何共情或认同感;其中有一种空白感,使读者无法对之使用惯常的精神分析、政治分析或道德分析的解释框架。我们就如与她对话的人一样,不由得觉得她"太平静了",觉得她的事不关己使人谜一般地感觉紧张,觉得

---

① Jones, *Eva's Man*, p. 130.

她在抗拒一切我们所熟知的阐释。女主人公自己缺乏震惊感,却使读者感受到了震惊。琼斯的小说带来的不仅仅是对我们的伦理感情的攻击,还有对我们为小说赋予意义的常规做法的攻击。

克劳迪亚·泰特(Claudia Tate)曾哀叹过对非裔美国小说的程式化回应,这些回应往往从种族压迫和社会不公的角度汲取能量。她认为,这种使精神屈从于社会的做法无法公正地对待与呼唤政治补偿无关的文本:例如,对混乱矛盾的欲望、对无法解释的情感涡流和反社会或自我毁灭的欲望等的再现。从这个角度讲,琼斯的小说体现了它亟欲处理自我的这些顽抗、难以辨别、且仍处于救赎式种族政治之外的层面,去开启一种悲剧式而非浪漫化的美学。① 但人们对这部小说的接受态度不甚明晰,因为考虑到它似乎是对种族歧视的迎合,这又突显了压在震惊美学之上的变动的历史。尽管波德莱尔和加缪对病态主题的提倡常被称赞为对中产阶级道德观的抨击,但这份殊荣并不会为审美权威性弱一些的作者共享。欧洲现代主义传统中对色情暴力的生动描述常散发着哲学甚至是超越世俗的

---

① Claudia Tate, *Psychoanalysis and Black Novels: Desire and the Protocols of Race* (New York: Oxford University Press, 1998); David Scott, *Conscripts of Modernity: The Tragedy of Colonial Enlightenment* (Durham, NC: Duke University Press, 2004).

光辉,但这种描述若加之于与纵欲、暴力脱不开身的黑人,则会收到完全不同的反响。《伊娃的男人》在非裔美国文学经典中占据着一个很不自在的位置,同时又处于对越界和自我破碎的倡议之外。它凸显了无论其对我们通常的思考模式的冲击程度如何,震惊的美学都是浸淫在社会文化的意义之中的。

我们太常听到批评者赞扬他们最喜欢的艺术作品的反抗能量,或是哀叹后资本主义现代性中和、吸收了震惊的力量。在乌托邦式和挽歌式两种模式中,震惊都被赋予它无法支撑的意义,这要归因于我之前所说的先锋派思潮,即关于审美上的新奇、感知上的震颤和迫近的社会动乱之间存在必要联系的一系列纲领性信仰。应该说,这种思潮与历史上的某个先锋派作品没什么关系,而先锋派作品还能继续吸引我们,正是由于它超越了这些纲领性俗事的限制。[1]

然而,这些微弱的联系并不会否定震惊的现象学存在的现实;各式各样的读者和观众还是会作证称自己在艺术作品中感受到了不安、迷惑和厌恶。震惊无法引发社会的大变革,但它作为一种审美反应元素并不会因此黯淡下来。例如,关于崇高

---

[1] 哈尔·福斯特评论道:把先锋派的浪漫修辞技巧以及它描述破裂与革命的词语当成它自己的语言,是误解了它至关重要的实践维度。可参考"Who's Afraid of the Neo-Avant-Garde?" in *The Return of the Real: The Avant-Garde at the End of the Century* (Cambridge, MA: MIT Press, 1996)。

的话语是对艺术的经验影响和毁坏我们的概念框架、常识能力的强有力见证,尽管它很少关注这种破坏如何在艺术世界的话语中被重新神秘化。① 还有,使我们感觉到震惊的,不仅仅是形式上的革新、风格上的颠覆或为了打破常规而打破常规;它也与未经过我们处理的意识内容有关。震惊的美学与我们所有的所憎、所怕之物都有关联;与起冲突的欲望和厌恶的冲动,以及隐蔽的精神焦虑和矛盾心理也有关联。从这个角度上讲,不能说我们比我们的祖先思想更解放,也不能说我们可以从构成人类文化的禁忌之网中解脱出来。只要我们还会逃避、否认、委婉地说话,只要我们在有人或有物提醒我们之存在是物质和凡俗的,是由血肉、骨骼、组织等组成之时,还是会选择逃避,震惊就会永存于艺术之中。

但震惊产生的效果也是不确定、不固定且很难标定的:震惊人的意识是一项费力的工作,绝非易事。如果震惊的目标定得太低,其刺激的功效就有可能被忽略,或者被嘲笑为差劲、乏味或滑稽。在任何时候,受众都有可能对某主题或某再现风格免疫或感到漠然,在意图扰乱他们的东西面前镇静得令人发怒。相反,震惊的效果如果被定得太高,它就有可能引发一阵

---

① Jean-François Lyotard, "The Sublime and the Avant-Garde," in *The Inhuman: Reflections on Time* (Stanford, CA: Stanford University Press, 1992).

四 震惊

强烈的反感或愤慨,使得受众愤而离席,或合上书,与此艺术作品断绝一切联系。换句话说,如果震惊太让人震惊了,它就会像神风特攻队一样自尽。因此,震惊在两种失败之间如履薄冰:困在受众的漠不关心和被受众义正词严地拒绝这两种危险之间。其结果是,袭击我们的精神世界、攻击我们的弱点的这种美学,竟然在受众的反应面前如此脆弱。

结 论

厘清纠缠不清的读者审美反应,再把它们逐一放到显微镜下细察,是一个极其造作的行为。我们对艺术作品的反应从来都不能被这样断然分开,被划分进不同的、自足的类目中。我强行对实际上是混乱、模糊、混杂、矛盾的反应形式分类,对此,我自认有罪。这种方法似乎也悖于我的意图——发现日常审美体验的结构和肌理。如果说阅读行为融合了认知和情感上的冲动,如果说它既向外看向世界也向内看向自我,那么把这些相互啮合的部分强行分开并加以检查,就极像是一种吹毛求疵的学术行为了。

我希望以下这点可以为这种方法辩护:这种方法顾及了饱受粗略对待之耻的对阅读行为的个人化描述。由于学术机构根深蒂固的否定性美学思想,一系列的读者反应论被从文学理论中剔除出去,往好里说幼稚,往坏里说它们是唯理性主义的、反动的、集权的。若要改变这种立场,人们需要对这些读者反应的特质和特性进行一番彻底的澄清,因为它们涉及的是个人阅读行为和更广阔的社会领域之间的联系。换句话说，这种处理方式的预期结果，是对我们如何读、为什么读有更好的理解，从而避开已定型的公式和预先做出的纲领性结论，从而使我们对已知之事有焕然一新的看法。文学研究当下急需的不是一种微观政治立场，而是一种微观美学。

当然，在实践中，我所勾勒出的处理文学的几种模式之间是互相关联的，这种关联有的时候是不可割裂的。比方说，我们若想从阅读中获得与社会有关的知识，则文本必须能吸引和抓住我们的注意力。文学摹仿经过多种手法的调节，这些手法的目的就是吸引读者，让他们上钩：如充满悬念的情节，经过完善调节的口语摹仿，对想象中的客厅的精细描述，对谁说了什么进行演绎从而仿造出说长道短的亲密感和密谋氛围等。增强读者理解的不只有形式手法和文学手段，还有这些手法创造出来的幻觉、联想和敏感情绪。任何纯粹用认知来解释阅读价值的做法，都有忽略摹仿与魔力、启蒙与着魔之间相互依存的关系的风险。

我们平时常用的一个词"认识的震惊"（the shock of recognition），它把我两章的标题放在了一起，这表明在文学文本中发现自我的某些方面绝非一种简单直接的体验。看似理性的认识，实际上依赖于相同和不同、熟悉和陌生的相互作用；

镜子中呈现出的我们，也不总是我们希望和想要看到的那样。阐释活动中必不可少的认识是通过迥然不同的审美、个人和社会政治词汇表达出来的。我们最出自本能的反应中也有认知和阐释的成分，同时我们的身和心共同体会了恶心、暴力、淫秽之物对我们产生的影响。艺术对常规的攻击或对禁忌的忽视绝不会完全或不可挽回地打碎自我；不管震惊美学的体验多么令人发指或揪心，它都不会使象征符号和社会意义之网破裂。

最后，我的论述中建立起来的震惊和着魔的严格对立可以被毫不费力地解构掉。着魔招致了强烈的敌意，是因为它剥夺了读者的自主性和意志力，使他们与机器人或梦游者无异。着魔的快感的核心其实是彻底的暗恐（unheimlich），这说明了我们自制力的局限性，体现了主体性的模糊和难以驾驭。相反，尽管震惊唤起了类似恶心、厌恶或恐惧这样的负面反应，但还是有许多读者和观众自愿经受这些，这证明了震惊的诱惑力。现代观众从这些出自本能的反应中收获了各种各样的愉悦感，例如凝视深渊时直面自己内心最深处的恐惧，还有被艺术作品打击的被虐式快感，或者超越常规品味的从属于某小众团体的满足感。

尽管这些审美体验的要素是相互依存、相互依赖的，我还是不想把它们混为一谈，也不想把它们视作属于常规主题之下的次要变体,从而轻视它们的独特之处。把一系列文学反应拼接起来的好处之一是这样做不仅突显了不同人的不同阅读方式,还突显了同一个体的不同阅读方式,以及审美模式和动机的起伏变化。在读最近出版的试图复兴文学真理和审美愉悦这些概念的作品时,我深感这些术语被用得太草率了。有些术语的含义被用得太模糊,似乎回到了前理论时代的小圈子里;还有一些术语被用得太狭隘,往往被限制在具体的体裁中。批评者不仅仅偏执地奉"困难"(difficulty)为学界神圣不可侵犯之物(甚至连愉悦感都成了"困难的愉悦感"),并且他们对文学的目的和价值所下的总括性定论,也来源于抒情诗歌、现实主义小说和先锋派散文的某些具体特征。尽管普世主义在学界受到了广泛的摒弃,但许多批评者还是会对形形色色的阅读形式施暴,把它们塞进某个分析理论的盒子中。

我的四个盒子无疑只是做了微小的贡献,但它们表现出了一种结构上的进步,迫使我们了解多样的审美体验和文学价值。承认价值的评判标准是多样的,不等于怎样都行,也不是鼓吹一种相对主义观点或认为我们永远不能对别人的审美判断做出批评。它只是认识到对文学作品的欣赏可以出于各种各样的理由。回顾前文提到的读者,我找不出他们之间的共同点。在海达·高布乐身上看到自己的19世纪晚期的伦敦妇女、被奥斯汀的非个人化风格深深迷住的酷儿理论家、被盖尔·琼斯的暴力描写惊扰到又吸引住的现代读者，还有对巴勃罗·聂鲁达对日常物品之结实坚固的描述感兴趣的我本人，我们之间有什么共同点吗？仅仅在这几个例子中，我们就可以发现多种多样的动机、情感、阐释策略和阅读场景。若笼统归纳一下的话，驱动它们的是审美愉悦或文学之文学性的吸引力。借用维特根斯坦的话说，把读者反应串联起来的单一主线是不存在的。

文学理论还在努力处理这种多重性；但要承认文学的价值可以用不同的、不可通约的标准来评估也很困难。相反，文学理论还是痴迷于终极之论，沉迷于大而无当之论，寻求一切他异性或崇高性之谜、欲望或陌生化之谜、伦理进步或政治越界之谜的答案。我们是否真的一定要明确区分该被诅咒的和该被拯救的，再把我们偏好的阐释论或我们喜爱的理论家没有涉及的渣滓和叛徒驱逐到黑暗之中呢？我不认为这种近似于开除教籍的做法会使文学阐释在美学或政治层面上取得进步。从这个角度或从许多其他角度讲，这本书只能被称作一份有缺陷或有过失的宣言。

图书在版编目(CIP)数据

文学之用 /（美）芮塔·菲尔斯基（Rita Felski）著；刘洋译. 一南京：南京大学出版社，2019.7(2022.2 重印)
书名原文：Uses of Literature
ISBN 978-7-305-21529-2

Ⅰ.①文… Ⅱ.①芮…②刘… Ⅲ.①文学理论
Ⅳ.①I0

中国版本图书馆 CIP 数据核字(2019)第 012300 号

Uses of Literature
By Rita Felski
Copyright © 2008 by John Wiley & Sons
All Rights Reserved. Authorized translation from the English language edition published by John Wiley & Sons Limited. Responsibility for the accuracy of the translation rests solely with Nanjing University Press Co., Ltd. and is not the responsibility of John Wiley & Sons Limited. No Part of this book may be reproduced in any form without the written permission of the original copyright holder, John Wiley & Sons Limited.

Simplified Chinese translation copyright © 2019 by Nanjing University Press

江苏省版权局著作权合同登记　图字：10-2016-415 号

出版发行	南京大学出版社	
社　　址	南京市汉口路 22 号	邮　编 210093
出版人	金鑫荣	

书　　名 文学之用
作　者　〔美〕芮塔·菲尔斯基
译　者　刘　洋
责任编辑　章昕颖　陈蕴敏

照　排	南京紫藤制版印务中心
印　刷	江苏凤凰通达印刷有限公司
开　本	880mm×1230mm　1/32　印张 7　字数 130 千
版　次	2019 年 7 月第 1 版　2022 年 2 月第 3 次印刷
ISBN 978-7-305-21529-2	
定　价	48.00 元

网　　址：http://www.njupco.com
官方微博：http://weibo.com/njupco
官方微信：njupress
销售咨询：(025)83594756

* 版权所有，侵权必究
* 凡购买南大版图书，如有印装质量问题，请与所购图书销售部门联系调换